徳間文庫

勧奨退職

清水一行

徳間書店

目次

原島
働蜂器
天使のくちづけ
ゆみこさんのうた
瞬生についた手綱
逢い魔
いばり社長
非常士と陸幸

5
47
91 137
183
225

破船

一

「え、いないわようちの室《へや》には」

「なにが？……」

「だって渡辺《わたなべ》さんいま、ネズミって言ったでしょ」

渡辺の手枕から頭を起こして、男のような平べったい胸を押しつけた三也子《みやこ》が、笑いを含んだ眼で言った。

色は白かったが、女にしては脂肪が薄いせいで肌に弛《ゆる》みがなかった。それでも一応は胸に二つの、ふくらみのようなものがあるにはあったが、隆起と呼ぶには三也子のバストは貧弱で、小ぶりな乳首も固かった。

「ごめんね、わたしこんな胸で」

痩《や》せていて骨っぽく、丸味のないごつごつした自分の体について、三也子は照れ笑いをしながら渡辺に言った。

「でも君はスタイルがいいんだから」

「優しいわね渡辺さんって。ネ、帰る前にもう一度抱いて」

「え、もう二回も抱いたじゃないか」

「だめよ。一回目は渡辺さんすぐに終わっちゃったでしょ。だからあの分は計算に入らないわよ」

「欲が深いね」

「だって、もっとよくしてもらいたいの。だからもう一回ね。おねがいよ」

鼻を鳴らすように言って、三也子は渡辺の下腹部に足をからみつかせ、いましがた燃焼しあって姿を縮めきっているペニスを、太腿で揉《も》むように刺激した。

「ちょっと眠ったらどう」

「いやよ。その間に時間が過ぎちゃう。どうせわたしのとこには泊まれないんでしょ」

「それはわかってるはずじゃないか」

渡辺は三也子の額を軽く指で突いた。

六畳一間の和室と、DKが同じくらいの広さで、そのDKの壁にはカレンダーと並んで、尖塔《せんとう》のあるヨーロッパの古城を織りこんだ、タペストリーが飾られている。

1DKだったが、室内にバス、トイレがついていて、一カ月の家賃は六万三千円。西武池袋線の大泉学園駅から歩いて十二、三分、木造モルタルの民間アパートとしては、決して安い家賃とは言えなかったが、「バス、トイレつきだから……」と、三也子は結構満足しているらしかった。

三也子の滑らかな太腿に刺激されたが、渡辺のペニスはすぐにはまだ回復する気配はない。しかし渡辺は三也子の太腿の内側に右手を這《は》いこませた。

豊かなふくらみがないからなのか、三也子のバストは渡辺がいくら吸ってやっても感じなかった。感じないだけではなく、乳首を刺激されたり、舌で愛撫されたりすると、くすぐったくていやだと言った。その分も含めて、三也子の下腹部は花唇もクリトリスも、そして花の壺も、すべてがオーバーなくらいに渡辺の愛撫に反応した。

指先を会陰部に割りこませると、三也子はすぐに愛液を溢れさせる。その濡れた指先をちょっと滑らせているだけで、クリトリスがはっきりとふくらみを持ってくるのだった。

しかも渡辺が愛撫をつづけている間中、三也子は喉を絞り、骨格の細い肩口を休みなく痙攣《けいれん》させていた。

「だって……」

三也子は渡辺に触れられていると、その間ずっと感じていられるからだと言った。渡辺は自分以外のほかの男とはどうなのかと、一度聞き返してみたいと思ったくらいである。

それくらい三十分でもそれ以上でも、三也子は渡辺の前戯に波のようなうめき声で、全身の白い肌を痙攣させつづけた。

女の反応の確かさほど、男の征服欲を満たしてくれるものはない。

「ア、アア、ウッッ……」

涌《わ》き出した愛液をたっぷりとからませて、太くて長い男の中指が、さらに肥大して敏感になったクリトリスをそっと揉みこむと、息を詰めた三也子はたちまち途切れそうなあえぎ声で、小刻みに体を震わせ、渡辺の下腹部にからみつかせていた下肢を、すこしずつ開いていった。

しかし渡辺公雄《きみお》と村山《むらやま》三也子の二人が、男と女の深い関係になってから、実はまだ二カ月半しか経っていなかった。

ただその二カ月半前までは、二人ともコンビニエンスストア、25時チェーンの錦糸町にある本部で働いていたから、個人的なつきあいこそなかったものの、お互い面識は一通り持ちあっていた。

もっとも渡辺は四十二歳で、25時チェーン本部の取締役企画室長。三也子は経理部で二十六歳の女子社員だったから、普通では個人的なつきあいの契機、接点は、あまりないはずだった。渡辺の妻は新聞の健康相談欄によく登場する有名女医で、十一歳になる双子の女の子がいることは、社内でもよく知られていた。

だから周知といっていい妻子持ち——

そういう二人が、あっさりと男女の関係になってしまった原因は、三也子にあるはずだと渡辺は思っていた。

それも渡辺としては仕組まれて、巧妙にハントされた感じだった。

責任逃れの勝手な勘ぐりではなく、そう思える状況がいくつかあった。三也子は渡辺と体の関係ができると同時に、同時というより直後にと言った方がよかったが、六年近く勤めた25時チェーンをやめて、伯父が経営する建材会社で、経理を手伝うことになった。

「以前から頼むって言われていたの」

三也子は渡辺にそう言い訳をしていた。

しかし経理部の同僚ＯＬには、いま会社をやめれば、きちんと退職金がもらえるからだと、笑いながら言っていたというし、「会社の看板エリートの渡辺さんを、いつか絶対にものにするわよ」と、かねがね口にしていたという話も、三也子が会社をやめてから渡辺の耳に入ってきた。

会社をやめる行きがけの駄賃……で、渡辺がもし三也子にハントされたのだとしたら、世の中は男と女のセックススタンスが、逆転したと考えるしかない。

だがそうではあっても、突然若いセックスフレンドを得たという感じは、中年の男にとって、悪い気持ちのものであるはずがなかった。特にこのところ渡辺は、医者である妻との夫婦の行為に、倦怠感を抱きはじめていたから、二十六歳で反応の敏感な三也子の出現は貴重だった。

「ネ、キスしてあげようか」

三也子が渡辺の顔を覗《のぞ》きこむ。

「だけどどうかな」

「わたしがキスしてやれば、きっとすぐに大きくなるわよ」

「もうちょっと待ってくれよ」

性急に求める三也子に、渡辺は苦笑で言った。二時間ほどで三度目を求められるのは、渡辺の年ではちょっとつらい。

「それじゃ室長さんがわたしのに、キスしてくれればいいのよ」

そうすれば渡辺が興奮して、すぐその状態になるはずだと三也子が言う。

「なんでもするけど、もうちょっと休ませてよ。それでね、三也子に一つ聞きたいことがあるんだ」

渡辺は三也子の下腹部から、右手を抜き出して言った。

「せっかく盛り上がってきたのに」

「もうすこししたら、ちゃんとするよ。それより、新潟のさ、日本海タワーで会っただろう。最初のとき。九月末のね。ぼくにはどうしても偶然とは思えないんだよ。三也子は偶然ねって大きな声で言ってたけど」

「偶然よ」

三也子は醒《さ》めた声で答えた。

「本当に？」

「どうして」

逆に三也子が渡辺に聞き返した。

例年のことだったが決算期末の九月には、全国のフランチャイジーにたいして、25時チェーンは本部役員による現地調査をすることになっていた。

フランチャイジーといっても、コンビニ業界では最後発に近い25時チェーンにしても、都内が百四十店、地方二百店と、台湾に六十七店の合計四百七店舗を数えていたから、重点地域を絞り、十五人の取締役が手分けして回らなければ、調査しきれるものではなかった。

今年渡辺に割り当てられたのは、北陸の富山県とそれに新潟。

予定は一週間。

月曜日に羽田から富山空港へ飛び、富山市内三カ店と高岡、魚津と泊まり、北陸本線で柏崎へ、長岡、三条経由の新潟となっていた。新潟宿泊は金曜日で、翌土曜日は越後物産展を見て、午後の新幹線で帰京。

スケジュール通りに回って、越後物産展の会場を出たのは十一時すこし前。天気もよかったし、せっかくだから日本海と佐渡の眺望でも愉しもうと、新潟大学のキャンパスからすこし海寄りの旭町通にある、日本海タワーに登ったのである。

二十分間で一回転する展望台で、正面の佐渡はすこし霞《かす》んでいたが、それでも秋の日本海の見事な眺望を一人堪能しているとき、不意に「あら室長さん！」と、三也子に背後から声を掛けられたのだった。

声を掛けられたというより、悲鳴のような叫び声に、ギョッとして渡辺が振り向くと、三也子が両手で口許《くちもと》を覆って立っていた。

「どうしてですか」

さらに三也子が息を詰めて聞いた。

相手が25時チェーンの女子社員だということは、渡辺にもすぐにわかったが、出張先である新潟市の一角でなぜ出会ったのか、「ウッソー……」と三也子は重ねてつぶやいたが、渡辺にもわからなかった。

「わたしは一度新潟へきてみたかったんです。今朝一番の新幹線できて、それで……」

「いいや。お昼を一緒に食べよう」

こんな偶然もあるものなのねと、さらに感嘆していう三也子を誘い、東堀通の繁華街へ出た。

細面で色白な三也子は、癖のないロングヘアーを風になぶらせ、グレーのストレートパンツに、オフホワイトのTブラウス。初秋らしいローズ系のノーカラージャケットを、前ボタンを外して着て、小型の旅行用バッグを下げていた。

ブランドで固めているわけではなかったが、さすが東京のOLだったから、田舎の街で見るといかにも垢抜《あかぬ》けして映った。

三越デパートの近くの店で、三也子の希望のスパゲッティを注文し、渡辺は一週間の出張仕事を終えた安堵《あんど》と、思いがけなく会社の女子社員に出会った解放感から、三也子に断ってビールを飲んだ。

「室長さんは今夜、どちらへ泊まるんですか」

渡辺のグラスにビールを注ぎ足しながら、三也子がよく揃《そろ》った白い歯をのぞかせて渡辺に聞いた。

「いや。君と別れたら新幹線で帰るよ」

「お仕事は、じゃ終わったということかしら」

「あまり芳《かんば》しい結果じゃなかったけどね」

「会社、やっぱりだめなんですか」

「やっぱりって？」

「年内一杯もたないだろうって聞きました」

「困るね。25時チェーン経理部の女子社員が、そういう噂《うわさ》を流して歩いちゃ」

ビールの軽い酔いと、東京から遠いローカルな気分から、渡辺は言葉を愉しむようにそんな言い方をした。

「ごめんなさい。それより明日は日曜日ですけど、急いで今日、東京へ帰らなければならない理由でもあるんですか」

「ない」

言葉を選ぶような三也子の口調に、渡辺は笑いながらあっさりと首を振った。

「わたしね、今夜はこの近くの岩室温泉へ泊まろうと思ってるんです」

「岩室温泉？」

初めて聞く温泉の名前だった。

「昔ね、わたしの父がその温泉で、素晴らしい美人の芸者さんに会ったんですって。それが忘れられないって言っていました。いまでも芸者さんが八十人くらいいるらしいんですよ。十三軒しか宿がないらしいのに」

「ほう。調べたの？」

「大正とか昭和の初め頃に、東京の新橋、柳橋っていう一流花柳街の美人芸者さんは、岩室温泉からスカウトされた人が多かったって。だからね、新潟美人の原産地じゃないのかっていう人もいます。室長さん。一緒に今夜どうですか」

微笑で渡辺を見つめながら、三也子が誘った。出張が一日延びるくらいのことは、家へ電話の連絡をすればすむことだった。

「一緒にって、美人を見にか」

「お室《へや》は予約してあるからだいじょうぶ」

「で、君とその温泉へ行って、今夜ぼくは芸者をあげて遊ぶのかな」

渡辺は逆に三也子の気を引くように言う。

「そういうことは室長さんご自由に」

「新潟美人の原産地か」

ビールのグラスを持ったまま、渡辺は含み笑うように言った。

「行きましょうよ室長さん」

重ねて三也子が言う。

渡辺はなにか起こりそうな、そんな感じを抱いた。しかし三也子と一つの布団に寝て、体の関係を持つところまで、一挙に進んでしまうとは、そこまでの期待はしていなかった。

その後渡辺は、秘書室の女子社員から思いがけないことを聞いた。

「新潟で村山さんに会いませんでしたか」

「え？」

「渡辺さんの出張スケジュールを教えてくれって、聞きにきたんですよ。土曜日の十時頃新潟物産展ねって言ってましたけど」

「そう……」

「彼女新潟から帰ってきて、すぐ会社をやめてしまったのは知ってますか」

「らしいね」

渡辺は曖昧《あいまい》に言った。

三也子との縁ができた直後に、そういうことがあったのである。

「偶然じゃなくて、本当は県庁の新潟物産展会場から、日本海タワーまでぼくの後をつけてきたんじゃないのか」

詰《なじ》るという感じではなかったが、渡辺の口調はどうしても強くなった。

「どうして室長さん」

「そういうことだとしたら、納得できるからだよ」

「バレテエラ……。まいったわね」

三也子は有名CMタレントの口調を真似て、苦笑した。

「やっぱりそうだったんだな」

「どこで声を掛けようかと思って、そしたら渡辺さんが日本海タワーへ登っていったのよ。ムードも最高だったわ」

「しかしどうして？」

渡辺は真顔だった。

九月決算期の、役員による地方出張は秘書課で管理していたから、渡辺のスケジュールを聞き出すことはなんでもないことだった。しかし二十六歳の三也子がなぜ渡辺を追って、新潟での出会いを工作したのか。

その理由が知りたかった。

「わたし前から渡辺さんに憧《あこが》れていたのよ」

三也子が投げ返すように言った。

「本当よ。湊《みなと》社長の一番のお気に入りでしょう。それにうちの会社では唯一の国立大学出身で、英語がペラペラなのも渡辺さんだけ、ちょっと太目だけど背も高いしさ」

「え、まさか」

「そんなことで？」

「じゃなんだと思った」

三也子は渡辺の胸に細い腕をからませ、顔をすりつけて聞いた。

「なにもメリットなんかないものな」

言って渡辺は三也子の体を抱きこんだ。国立大学の出身で英語が喋《しゃべ》れるぐらいのことが、男の値打ちとは思えない。一七五センチと背は高かったが、四十二歳になる妻子持ちの男に、たいした可能性があるわけではなかった。

特に25時チェーンでは……だった。

「さっき渡辺さん、ネズミって言ったわね」

「え？……」

「沈みかけてる船から、逃げ出していくネズミって、渡辺さんはそう言いたかったんでしょう」

「どうかな」

「本当はわたしも足許の明るいうちにって、逃げ出したクチなの。経理部にいればなんとなくわかるでしょ」

「三也子の場合は退職金が目当てだったんだろう。それくらいのことはいいさ」

「でも渡辺さんとこういうふうになれなかったら、わたし会社をやめなかったかもしれないわよ。だってさ、なにもなくてやめていくのって、わびしいでしょ。やめてからもつまらないし」

「だけどぼくなんて、絶対に結婚対象ではないし、どうしようもないだろう」

「こうやって会えるじゃないの。わたしが渡辺さんと……なんてもし会社の人たちにわかったら、みんなびっくりしてうらやましがるわよきっと」

「そんなこと？」

「そう。わたしたちってどうせ、ミーハーだからいいのよ」

会社をやめる行きがけの駄賃で、三也子にハントされたのではなく、三也子としては渡辺をハントできたから、会社をやめた後も適当に愉しくやれそうだと見極めがつけられた。そういうことだと言う。

答えは合っていても、算式が全然合っていないような、渡辺はそんな気分だった。

二

「君はどう思う」

役員会が終わると、渡辺を名指しで社長室へ呼んだ、25時チェーンの湊順二《じゅんじ》社長が、脂でてかてかに光る丸い顔を向けて聞いた。

ＪＲ錦糸町駅に近い貸しビルの、四階の窓に映る景観は、いつもいつも車で溢《あふ》れかえっている首都高速七号線。つまり京葉道路につながる動脈の高速幹線で、洪水のような車の渦を見下ろしている限り、この国には消費が低迷する不況……という事態など、絶対に起こり得ないのではないかと、思いたくなってくる。

「どうっておっしゃいますと」

渡辺は赤い箱の国産タバコを抜いて火をつけ、深く煙を飲みこんだ。

「つまり二つの問題についてさ。役員会では君は発言しなかっただろう」

「ほかの役員が発言しておられましたので、控えていただけです。しかし、一番目のロイヤリティの定率方式移行というのは、チェーン店の反対を説得できないと思いますが……」

「方法がないわけじゃないがね」

「もう一つは」

かまわずに言いかけて、渡辺は湊を見上げて言葉を切った。

――いま

コンビニエンスストアの25時チェーンという船は、船底からの激しい浸水で沈みかけている。そういうなかで、真っ先に船から逃げ出すネズミの、その先頭に立っているのが、社長の湊自身ではないのか。

このところの、会社の破滅回避策を模索する会議の席で、渡辺は社長の湊を見ていて、そう信じるようになってきていた。

一番大きなネズミ。

そして悪い奴。社長がその張本人だったら、救いなどあるわけがなかった。

湊順二は渡辺より二つ年上の今年四十四歳。身長は一六五センチほどで、このところかなり肥満気味だったが、薄い髪を一応は七三に分け、男にしては色白な抜け上がった光る額に、頰《ほお》のふっくらとした童顔であったから、一見お坊ちゃんタイプに見えないこともなかった。

しかしときどき見せる上眼に、人を窺《うかが》うような三白の細い眼光には、事業家としての抜け眼のなさが感じられ、とくに最近は資金繰りに苦労しているせいか険相が出て、その表情から童顔に特有の丸みが、削《そ》ぎ落とされた感じがしてきていた。

日本のコンビニエンスストアは、昭和四十九年五月に、トーキョー・ヨーク堂系列の、ラッキーセブン・ジャパンが、東京都内に第一号店をオープンしたのが、最初だと言われている。

それから十九年が経った今日、日本のコンビニエンスストアは、全国に約四万店を数えるに至っており、それらの店舗は、実に百社にものぼる大小のチェーンに統括され、約七兆円といわれる市場規模で、懸命にせめぎ合っているのだった。

25時チェーンが創業した昭和五十五年という時期は、コンビニ業界そのものが成長期にあり、また25時チェーンの東京都内への集中出店と、ロイヤリティの「定額方式」という基本ポリシーが当たって、ここまで急速に伸びてきたのだった。

日本の大手コンビニエンスストアは、〝値入れ〟つまり売価引く原価の三十五パーセントを、ロイヤリティとして吸い上げる「定率方式」を採用していた。

これにたいして、25時チェーンの「定額方式」というのは、それぞれの店舗の規模や売り上げの多寡《たか》にかかわりなく、月額で一律に三十五万円のロイヤリティを取るという方式で、25時チェーンのほかにも、この「定額方式」を採用しているところがいくつかあったが、それらと比較しても、月額で三十五万円というロイヤリティは、かなり低い数値になっていた。

蛍呼び競争だった。「こっちの水は甘いぞ」というわけである。

しかし加盟店にとっては有利、つまり25時チェーンにはかなり不利……な、この低い「定額方式」のロイヤリティが、ここへ来て経営を圧迫する大きな要因になっていた。

たとえば一カ月に、千五百万円の売り上げをあげる店舗を例にとると、その〝値入れ〟を三割と見て四百五十万円。これの三十五パーセントを徴収する「定率方式」なら、チェーンの本部が吸い上げるロイヤリティは、一カ月で百五十七万円ということになる。

それがたったの三十五万円しか、吸い上げられないのである。

「定率方式」では、加盟店の売り上げが伸び、利益が増えれば増えるだけ、自然に本部も潤うことになるのだが、「定額方式」にはそれがなく、無限に加盟店の数が増えつづけないことには、本部の収入も増えていかないのだった。

仮に25時チェーンが、それまでの「定額方式」を「定率方式」に改めたとしても試算すると、現状のままの加盟店数で、収入が三・八倍もアップすることになるのである。

しかし、いまさら本部に有利な「定率方式」に改めたいといっても、ロイヤリティの安さに引かれて入ってきた加盟店が、それを承知するはずがないのだった。

では創業に当たって、どうして25時チェーンが、本部に不利な「定額方式」を採ったかといえば、理由はただ一つ、後発……であったためだった。先行する大手に対抗し、互角に渡り合っていくためには、どうしても「定額方式」、それも低い金額に下げた甘い餌《えさ》で、一つでも多くの加盟店を釣るしかなかったのである。

とにかくフランチャイズ商法は、スケールメリットの追求が大前提であり、大原則でもあったから、先行する大手と競合し、多くの加盟店を開拓していくには、甘い条件の提示しかなかった。

しかしコンビニエンス業界の〝第一次戦国時代〟には、このやり方が通用して、25時チェーンも急成長を遂げたものの、コンビニエンスストアがほぼ全国津々浦々まで、一応の展開を終えてしまった今日、業界は大手スーパー系を中心とした、資本力を背景にしたチェーン店の寡占化……という、〝第二次戦国時代〟へ突入しようとしているのだった。

こういうなかで、いぜん「定額方式」を固守し、ネズミ講的な発想から脱却できない湊が、しかしなに一つとして、行き詰まりの打開策を講じられなかったかというと、そういうわけでもない。

渡辺が25時チェーンに入社したのは五年ほど前だったが、その前年あたりから湊は、経営の多角化……と称して、不動産投資にのめりこんでいった。

そして成り上がり企業の例にもれず、株にもかかわりを持つ。

はじめは湊が、親戚《しんせき》の者にやらせている不動産会社とか、関連会社が投資に乗り出し、うまくいった分は湊個人の利益に、見込みの違った分だけ会社に尻を持ちこむという、背任と言ってもいいやり方だった。

しかし税務調査で当局から指摘を受け、つけ替えができなくなった頃から、バブル経済が崩壊しはじめ、不動産も株もどうしようもなくなった。つけ替えはできなくなったが、湊の借入金の担保に、会社の資産が流用されていたから、25時チェーンは資金的に行き詰まり、二進《にっち》も三進《さっち》もいかなくなってしまったのである。

それが現状だった。

人生の歯車は、どこかで一つ狂いだすと、連鎖反応的につぎつぎと悪い状況を呼びこみがちなものであった。そして、そういうときに焦ってなにかをやれば、事態はさらに悪い方へと急回転してしまう――

数カ月前から、本部社員の給料が毎月末に払えなくなった。

給料遅配が起こるくらいだったから、やりくりは火の車。街の金融業者の間に、25時チェーンの怪しげな手形のコピーが出回り、かなりな融通手形を出しているらしいという噂がたった。しかし経理について言えば、すべてを承知しているのは湊一人で、かつて専務だった砂田克巳《すなだかつみ》が一部分を、経理部長の緒方《おがた》は湊の操り人形に過ぎなかった。

そういう状況での役員会だったから、発言をすることの意味がない。

いつもの、どこにでもあるパターンだったが、こういう中で登場してくるのが、ピンからキリまである街の金融業者だった。

行き詰まった25時チェーンに、金を貸してやってもいいと名乗り出たのは、財界の大きなトラブルで、何度か名前を喧伝《けんでん》された〈藤倉徳商行〉であった。旧藤倉財閥系の財産保全会社ということになっていたが、すでに存在しない旧藤倉財閥に、保全すべき財産があるのかどうか。

しかしマチキンとしての藤倉徳商行は、二流以下のノンバンクが、足許にも及ばないくらいの資金力がある、と言われていた。

「藤倉徳商行については、芳しくない噂の方が多いようです」

渡辺につられたように、湊も細いメンソールのモアを咥《くわ》えて火をつけた。社長室の飾り戸棚には、有力な政治家と肩を並べた湊の写真が、何枚も置かれていた。

「そりゃ知ってるよ」

「融資を受ければ、一時的にベンダーへの支払いが楽になるでしょうが、そういう金に手をだしたらどういうことになるか、ちょっと心配ですね」

渡辺が浮かない顔で言った。ベンダーというのはコンビニ店で売る商品の、納入業者のことである。

「そうだろうか？　お札に名前は書いてないし、銀行から借りた金でも、藤倉徳商行から入ってきた金でもだよ、金の価値そのものは同じなんだからな」

「金の価値に変わりはなくても、やはりその素姓出所は問題になります」

「そりゃ、ま、信用という点では問題もないとは言えないが……」

「彼等の金を利用させてもらうつもりが、下手すると会社の屋台骨まで、喰い尽《つ》くされかねません。そういう相手だと思います」

「そうはいっても時間もないしな」

苛立って湊は、火をつけたばかりのタバコを、小卓の灰皿でねじ消した。

湊が真剣に心の底から、25時チェーンの再建を考えているのだったら、ここまでくる前に、少なくとも昨年の暮には、再建策を検討しはじめなければならなかったはずである。それなのにどん詰まりにきて、もう時間がないということは、湊には25時チェーンを、本気で再建する気などない……と見ていいのだと渡辺は思っていた。

藤倉徳商行からの救済、融資の申し入れにしても、あるいは藤倉徳商行から言い出したことではなく、湊が親しくしている日本橋の金融業者の金田栄一《かねだえいいち》を通じて、湊の方から何等かのお土産をつけて、話を持ちかけたのかもしれなかった。

「ところで頼みがあるんだ」

湊が口調を変えて言った。

「はあ……」

「いろいろとあったものだから、担保に使ったり借入れの弁済用に押さえられたりして、株がね、もちろんうちの株だけど、いろいろとあってぼくの手許からかなり散ってしまってるんだ」

渡辺の反応を探るように、湊が上眼で切り出した。

「本当ならいま頃は、うちの株は店頭市場に公開しているはずですね」

渡辺が腰を引くように言う。

「どんなことにも見込み違いはあるさ」

「しかし公開したら最低でも二万円は固いって、社長が言っていたことですよ」

「証券会社の者の計算では、そういうことだったんだ」

「で、株をどうするんですか」

押し問答には意味がなかった。

「二十パーセントはね、どうしても持ってなければまずい。藤倉徳商行の融資を受けるにしても、社長が二十パーセント以上は持ってないと、信用できないって言われてね」

かねてから湊は、25時チェーンはレジの下のゴミ一つまでも、全部おれのものだと言ってきていた。もちろんオーナーであることを否定する者はいない。しかし湊が25時チェーン株の、二、三年内の店頭市場公開を誘い水にして、持ち株の大部分を金融に使ってきたことは確かだった。

「社長の持ち株はいま、どのくらいあるんですか」

「六パーセントくらいかな」

「まさか……」

首をひねりながらの湊の言葉を、過半数の五十六パーセントの、聞き違いではないかと渡辺は思った。

「だけど資本金六億四千万円の六パーセントだからね。いまどきのオーナー経営者としては、ずいぶん持っている方だよ」

一株の額面は五百円だったから、発行株数は百二十八万株、その六パーセントは七万六千八百株。渡辺が入社当時は、確実に五十パーセントを上回る持ち株数だったはずである。

「銀行にたいしても、ちょっと買い戻しをしているっていうポーズだけでも、つくってみせないとまずいんだ」

「じゃ正確に二十パーセントにしなくてもいいんですか」

「本気で二十パーセントの買い戻しなんて言ったら大変だよ。だから五千株でも一万株でもいいっていうこと。しかし額面が五百円だから、一万株っていったら、五十円額面に直すと十万株になるからね」

「社長が手放した相手のリストはありますか」

「ある。ただでやったり安く分けてやったり、五、六十人のリストはすぐつくれる」

明日にでも渡せると思うと湊が言った。

「問題は値段なんでしょうね」

――どうせ
怪しげな手形のコピーが出回ったり、給料の遅配やベンダーへの支払いが滞って、悪い噂が立っていたから、一時期みずからが吹聴《ふいちょう》して回った、一株二万円で買い取る意思など、湊にあるはずがないのだった。

「だからそれをうまくやってもらいたい。わかるだろう」

湊の口調が急に馴《な》れ馴れしい調子に変わった。

「額面でもいいんですか」

「つまりだね。このことをなぜ君に頼むのかっていうことだな。買うような買わないようなっていうか、だけどオーナーのぼくがだよ、いまうちの株を買い戻す意向だっていうことが宣伝できたら、当然周囲の事情が変わってくる。そう思わないか」

「よくわかりませんね」

「要するに動いてくれっていうことだな。ガサガサと」

「すると実際に買い戻さなくてもいい？」

「そうは言わないけど、動いていることがわかったら、藤倉徳商行の印象もよくなるはずだろう」

——やはり

藤倉徳商行の融資の話というのは、先方から持ちこまれたものではなく、湊の方から持ちかけ、頼みこんだことだったのだなと、渡辺は納得したような妙な気分になった。融資を受けるかどうかを、役員会で検討する余地など、本当は皆無だったということである。

三

スナックバー〈IMON〉は、総武線小岩駅の南口を出て、駅前商店街の外れ、信用組合の脇を入った細長い雑居ビルの、地下一階にあった。

六坪ほどのスペースに、七人分の椅子が並ぶカウンターだけの店で、そのカウンターの一番奥には、いつも25時チェーン取締役の砂田克巳が、お湯割りのグラスを前に、真白い髪を指で掻《か》き上げながら座っている。そろそろ夜の七時になるはずだったが、店内に渡辺のほかにはまだお客がいなかった。

「この店、長いんですか」

水割りのグラスを口に運びながら、並んで座ったカウンターで、渡辺が砂田に首をねじって聞いた。

「そう。はじめたのはまだ専務の頃だったからな」

「ぼくが会社へ入ったとき、砂田さんは専務でした」

「君はまだそんなものかね。君が入ったとき社長の湊は自慢していたものだよ。国立大学出身者がうちへも入ったって。フルブライト資金でアメリカの大学も出ているし、うちの会社の看板になるってな」

「コンビニエンスストアチェーンで、社員の一人の学歴なんか看板になりませんよ」

「しかし入って二年目で、君は取締役になったろう。入れ違いにぼくが平取に降格されたんだ」

「よく覚えています」

うなずいた渡辺を、カウンターの中でおつまみ用のサラダをつくっていた細い眼のママが、色白な顔を上げて見つめた。

離婚して子供を一人連れて、実家へ戻ってきたという砂田の長女。〈IMON〉はその長女の希望ではじめたものだったが、バーテンもホステスも誰も置かず、ときどき砂田が手伝う程度のスナックバーだった。

「いつもカウンターの外れにこうやって座っていると、マスターみたいで恰好《かっこう》がいいだろう。どうだ」

砂田が冗談のように言う。

「うらやましいですね」

「降格だなんてさせないで、一思いにばっさりとやめさせればいいんだ。そしたらこっちは本気でマスターとして頑張れるのにな」

場当たりな湊の経営方針に反対し、逆鱗《げきりん》にふれたというのが砂田降格事件の真相だった。しかし湊としても、一思いに切って捨てるというわけにはいかない。長いこと湊の腹心としてやってきたから、会社の秘密の多くを砂田は握っていた。

「その方がいいですか」

「気楽だろうからな。君も彼女でもつくってこういう店をやらせたらどうかね」

「彼女……ですか」

渡辺は苦笑した。女医のかみさんの尻の下になど、いつまでも敷かれていないでという、皮肉を利かせた砂田の言葉であることはわかっていた。もちろん社内では、三也子と渡辺の仲は噂にもなっていなかった。いまはまだ誰も知らないはずだったが、仮にいつか事実がばれたとして、会社の何人がそれを信じるか。

しかし気楽なスナックバーのマスターという砂田の言葉には、がんじがらめなビジネスマン暮らしをつづけてきた渡辺にとって、迷ってみたい媚薬《びやく》のような魅力があった。

そう言えば三也子も昨夜、小さなお店かなにか、二人でやってみたいわと言っていた。

二時間で三回というのは、四十過ぎた男には無理だったが、帰り際にそれでもどうにか〝もう一度……〟という三也子の要求を果たして、なかなか放出に至らない三度目の行為に、渡辺自身はそれほどの快感はなかったが、おかげで長保ちした分だけ、ずっとその気になりっぱなしの三也子の方は、深く達したようだった。

渡辺が重ねていた体を離しても、三也子は行為の後始末をしようともせず、妖《あや》しいくらいに色白な下肢を、ぐったりとむき出しに投げ出していた。

その最中のあえぎ声とか、肌の痙攣具合ということもあったが、三也子は快感が昂《たか》まっていくと、ある瞬間から精一杯にいきみ出すのだった。それは出産でもするような感じのいきみ方で、声を上げてうめいているうちに、三也子の膣《ちつ》のなかで、コリコリした子宮が押されるように下がってくるのだった。

抽送行為をしていて、そのときは突然膣道の奥が浅くなったような感じがする。と同時に三也子は激しくエクスタシーの中に溺《おぼ》れこんでいく。

しかしいままでに渡辺は、人に誇れるほどの女性経験があるわけではないし、人並み以上のセックステクニックを、身につけているというのでもない。大柄ではあったが、砂田の言ったように、収入面でも比較にならない女医の妻……に、ずっと組み敷かれてきた。だから渡辺のテクニックで、三也子が頂上に登りつめるわけではなかった。

「わたしね、渡辺さんとっても好きよ」

少し醒めてきてから、さらに余韻を求めてとろけるような眼で、三也子が渡辺の耳許で囁《ささや》いた。

「どうして」

いつも渡辺は正常位だったし、そのことを気にしているくらいである。

「きっとわたしに一番合ってるのよ」

「そうかな」

「思いきって渡辺さんの愛人になっちゃってさ、小さなお店なんか、二人でやってみたい」

「店って？」

「カラオケの入ったスナックがいいわ」

「無理だな。ぼくにはそんな金はない」

「お金ならあるわ。ＯＬはしっかり貯金してるから」

どこまでが本気なのか、渡辺にはわからなかった。

「それより昨日、役員会の後で社長は君に、どんな用だったの」

砂田が口調を変え、咥《くわ》えたタバコに火をつけた。帰りに小岩へ寄ってくれと、砂田が夕方渡辺を誘ったものである。

「例の融資の件を、どう思うかということでしたが、藤倉徳商行からの融資というのは、どうやら社長の方から頼みこんでいるんですね。受けるかどうかなんて、役員会で検討すること自体、なんの意味もないことがわかりました」

「意味のないことだって、必要な場合があるさ」

「役員にもっと当事者意識を持たせるということですか」

「そんなこと言ったってだよ、会社が倒産してしまったら、新しい社長や取締役が、藤倉徳からどうせ送りこまれてくるんだ。湊社長の一族ということで重役になっている連中は、必死で就職活動をはじめている」

「おかげで社内の空気が浮ついて、落ち着きがありません」

「定率制への切り替えについて、なにか言わなかったか」

二人は社内では同じ取締役だったが、年齢が十五ほど違うし、砂田と渡辺では経営者としての格の差もあり、渡辺もそれはよく心得ていた。

「チェーンの加盟店が、いまさら承知するはずがありません」

「そうじゃない。社長がなにか言っていなかったかということだよ」

「いえ。名案はないと思います」

渡辺が首を振ったとき、二十四、五歳の若い二人連れが店に入ってきて、迎えるママの声に艶《つや》が増した。

「あるさ」

砂田が投げるように言った。

「は？」

「一瞬で処理できる名案がある。社長だって知っているはずだよ。だからその名案を君に言ったか言わなかったかだ」

「持ち株がちょっと散逸しているので、買い戻す動きをしてくれと言われました」

「え、買い戻すの？」

「買い戻すような、戻さないような……」

「そうか。それならわかる。やっぱりそういうことなんだよ」

砂田は一人で納得していた。

「教えてください」

渡辺は短くなったタバコをもみ消して、肘《ひじ》を突いている砂田の白い髪を見つめた。ゴルフをやるわけではなかったが、顔は浅黒かった。髪と顔色の白黒といったコントラストが、コンビニ業界の表裏に精通した砂田の、すごみに感じられた。

「倒産させたらいい」

あっさりした言い方だった。

「25時チェーンが倒産しちゃったら、加盟店には商品が行かなくなってしまうだろう」

「はあ……」

つづけて言った砂田に、渡辺は毒気を抜かれた感じで答えた。

「商品が流れなければ加盟店も潰《つぶ》れる。潰れたくなかったら、別なチェーンに加わるしかない。しかしいまはどこも定率制だから、三十五万円のロイヤリティで済ますようなわけにはいかないわけだ」

「ええ」

「定額制でなければいやだなんて言ってたら、店を閉めなければならなくなる」

「すると25時チェーンを倒産させてしまうんですか」

渡辺は、思わず大声で聞き返した。

「君が方法はないって言ったから、方法はあるって教えただけさ」

砂田が笑いを含んで言った。

「それならば納得です。しかし、会社を倒産させちゃったら、湊社長だって困るでしょう」

「どうして」

「は？」

「倒産させたらどうして困るんだ」

「それは……」

「個人の方の負債なんかを、うまく藤倉徳に肩替わってもらって、個人資産の担保提供を解いてもらえばだよ、湊順二は百億円近い資産家に復帰できるし、新しい事業をはじめることだって可能になるんだ」

「それじゃいいように利用される藤倉徳商行が、承知しないでしょう」

「あのね、25時チェーンには四百六店舗の加盟店があるんだよ。いまからこれだけの規模のコンビニを組織しようとしたら、百億や二百億じゃ足らないよ」

わかってないんだなという感じで、砂田が首だけねじって渡辺に言った。

「なるほどそうですね」

「悪名高いマチキンの藤倉徳に、そんな手ぬかりがあるはずがない。リスクのともなう貸金業より、コンビニの経営の方が、遥《はる》かに安定性があって収益率も高いんだ」

「すると藤倉徳も25時チェーンが欲しいんですね」

「いかに安く買い叩《たた》くか、一方はいくらまで高く売りつけるかという戦争だね」

「それで最後にわれわれは、どういうことになるんでしょうか」

渡辺は氷の融けてしまった水割りを喉《のど》に流しこみながら、吐息をからませて聞いた。昨夜三也子と会ったばかりだったが、今夜もまた大泉学園のアパートへ回ってみたいなと渡辺は思った。利害の駆け引きというのは、余裕がなくて息が詰まりそうである。

その点三也子は、三流コンビニの取締役に過ぎず、経済的にもなにも望めない渡辺に、人間として一体感を寄せてくれている。

渡辺が逃げこむ先としては、三也子しかいなかった。

「君たちはなにも変わらんよ」

「倒産してもしなくても……ですか」

「うん」

「藤倉徳の経営になってしまっても？」

「湊一族の重役は、一人残らずやめなければならないだろうがね」

砂田自身はどうなるのかと聞こうとして、渡辺はちょっと言葉を飲んだ。いずれにしても渡辺が考えるような、表面に現われる単純なことだけでは、納りがつかないということらしい。そう思ったとき砂田が渡辺の方に体を向けた。

「さっき君が言った株の話だけど、リストを社長からもらったって？」

砂田は癖でタバコを口から離さない。

「もらいました」

「見たの？」

「一、二ページだけ。百株とか二百株の人が多くて、五、六十人くらいいる上に、どうせ買うような買わないようなって、買い戻してもいい……というような意向だけ伝え回ればいいんですから」

「ちょっと見せてよ」

砂田が渡辺の鼻先に手を突き出した。渡辺は内ポケットから、畳んだ六枚の事務用紙を出し、折り目を直して砂田に手渡した。

「誰の分はいくらで譲ったか、それがわからないんです」

「五百円の株が、二万円になるって言っていたんだから、これで倒産になったらいくらで売ったのも、全部売り得ってことだな。うん。やっぱり欲の深いベンダーが多いな」

住所が書いてあって、株数とそして相手の名前という順のリストに、砂田が眼を走らせながら言う。

「発行株数の六パーセントしか、いまは持っていないそうです」

「なに六パーセントだって。そんなにあるものか」

「え、ありませんか」

「一株もないだろうな。面白いことを教えてやろうか。ほらこれ、三好邦江《みよしくにえ》って知っているだろう」

「え、三好邦江ですか。去年の夏に退社した輸送部の女子社員？」

「そうだよ。百株と書いてある。どういう意味かわかるか」

砂田がリストを指で指しながら聞いた。

「意味ってなんですか」

「社長の湊が女子社員の三好邦江に、25時チェーンの自分の持ち株を、どうして百株出したのかということ。頼まれて売ってやったのか。しかし社長が女子社員に、おかしいだろうそんなこと」

「………」

「これで口説いたんだよ。同時に手切れ金分でもある」

「手切れ金分ですか」

渡辺が気を取り直して聞き返した。

「間もなくこの株を公開する。そのとき二万円になったらこの百株で二百万円だ。どうだ言うことを聞けってな」

「まさか」

「ああここにもいたな。古畑《ふるはた》みどりっていうのは広報課だったかな。これは二百五十株だから、一株二万円になったら五百万円っていうこと。この手で湊社長は片っぱしから、顔立ちのいい女に手をつけていって、社内でばれそうになるとやめさせていたんだ。うん。ここにもいた」

リストのページをくりながら、砂田が険しい口調で言った。

「まだいるんですか」

「うん。練馬区東大泉六丁目のこの女も、ちょっと前に会社をやめたばかりだろう。この村山三也子っていうの。どんな顔だったかな。百五十株だから彼女も三百万円の夢を見て、湊に体を売ったんだ」

砂田の言葉が終わらないうちに、渡辺はリストを奪うように取って、末尾の一行を見つめた。間違いなく百五十株村山三也子と書きこまれていた。

「でも例外なし……ですか」

「例外なんてあるわけないさ」

「しかし砂田さん」

——絶対に

なにがあろうと、三也子の三百万円分の百五十株だけは、湊に買い取らせてやろうと渡辺は、唇を嚙《か》みながらつぶやいた。

勧奨退職

一

「人をばかにした、こんな失礼な言い方ってないと思うわ」

丸顔で、いつもは明るい性格の靖子《やすこ》にしては珍しく、吐き捨てる強い口調で、テーブルに開いた朝刊の記事を見ながら言った。

一月四日の仕事始めから、まだ数日しか経《た》っていなかった。

相沢《あいざわ》は午後十時過ぎに、一度並べて敷《し》いた布団《ふとん》の一つに入ったが、寝つかれずにガウンを引っかけて起きると、寒いでしょうと言って靖子も布団から抜け出し、キッチンのストーブに火を入れた。

冷蔵庫のビールは、相沢が自分で出してきてグラスに注《そそ》いだ。

「新聞にも書いてあるけど、これじゃまるで指名解雇でしょ。ひどすぎるわよ」

相沢と並んで椅子に座り、靖子がつづけて言った。冷え過ぎのビールは、泡が消えていて、苦《にが》さが妙に気になった。好きなビールをまずいと感じたのは、靖子以上に当の相沢のほうが、腹の怒りに耐えていたからだった。

「君も飲むか」

「わたしなんかいいわ。パパが飲んでよ」

「ま、一口どうだ」

自分のグラスを靖子の前へ回す。しかし首を振った靖子は、再び新聞の活字に視線を集中させた。

「このまま置いておくと、周《まわ》りの人にも迷惑で、害になると考えた。ヤル気のない社員はどこへ回してもだめだなんて、フロンティア社の社長がよ、こんなことまでマスコミに言わなければ、三十五人の勧奨退職《かんしょう》がやれないのかしら。情けないわね」

「……………」

「わたしね、この人事部長って人、よほど頭の悪い人だと思う。そうでしょ。人事部長だったらなんとかして、この合理化案を成功させなければならないっていうのに、ＡＢＣＤＥで評価をし、ＤとＥがつづいている人を選んだだなんて、皆さんが本気で怒って、いっせいに勧奨を拒否したら、いったいどうなるの」

「もういい」

靖子の言葉を制止して、相沢はグラスに残っているビールを空《あ》けた。

ストーブの焔《ほのお》だけが明るかった。

「わたしだって言いたくない。でもあなたがなにも言わないから……」

「先に寝なさい」

「一緒に寝ましょうよ」

「なに」

「おねがい」

靖子は色の白い丸い顔で、深く額に皺《しわ》を刻《きざ》んだ相沢を見上げた。

テーブルに広げた、経済関係有力新聞の一面左上段に、〈フロンティア社〉と相沢誠一《せいいち》が勤めている会社の名前が、大きく印刷されていて、五段抜きの見出しは〝温情主義に終止符、社内引き締め〟となっていたが、さらに〝中高年管理職三十五人に勧奨退職〟というサブ見出しが、大きく躍《おど》っていた。

音響機器のトップメーカー・フロンティアの記事が、有力新聞の一面に大きく報じられたのは、しばらくぶりのことだった。

その日は土曜日で、会社は休みだったが、相沢は朝起きてすぐ、靖子が取りこんできた新聞を繰《く》り返して読み、さらに午後から外出して立ち寄った喫茶店でも、ふたたび何度も同じ記事を読み直していたから、百五十行ほどの記事の、どこに、どんなことが書いてあるか、すっかり頭に入っていた。

昭和十五年九月の生まれで、現在五十二歳の相沢が、直属の上司で営業本部長の穂村克《ほむらかつ》巳《み》専務から、新聞にも出ている〝勧奨退職〟を言い渡されたのは、昨年の十二月二十二日のことであった。

その前日――

十二月二十一日の午後四時過ぎに、専務秘書の女子秘書課員が、「明朝十時に、専務室へ来ていただきたいとのことです」と社内電話で言ってきたとき、相沢はいったいなんの用事だろうかと首を傾《かし》げたが、すくなくともいい話でないだろうことは確かだと思った。

というのはその二日前に、本社地下の社員食堂で、営業本部の忘年会が開かれ、そのとき相沢は穂村専務と隣り合わせに座っていたが、これといって格別の話もなかったからだ。

もし専務の用事が、ビジネス社会でのいい話……であったら、穂村自身から事前に必ず声がかかるはずなのである。

昇進や栄転などの嬉《うれ》しい話のときには、いかにも自分の尽力で、それが実現したんだと言わんばかりの、恩着せがましい言い方をする穂村の性格は、十五年間もその下で働いてきた相沢には、よくわかっていた。

たぶん、転勤――

それも東北とか、あるいは九州……ではないかと相沢は思い、その日帰宅してから「転勤になるかもしれないな」と靖子に告げておいた。

困《こま》ったなという気持ちだったのである。

なんといっても五十二歳で、いまさら単身赴任というのもしんどかった。

とはいえ十五歳になる長男の律夫《りつお》は、中学三年生で高校入試を目前に控《ひか》えており、十三歳で中学一年生の娘礼子《れいこ》もいたから、やはり家族が揃って、転勤先へ移るというのは問題であった。

いまさら単身赴任はいやで、家族揃って任地へ赴《おもむ》くわけにもいかないとなると、そういう状況で本当に転勤の辞令が出たら、相沢としてはそれを拒否するしかなかった。ビジネスマンが会社の正式な辞令を拒《こば》めば、会社を辞めざるをえなくなることは、自明のことだった。

定年まであと八年というときに、会社を辞めるしかないのかどうか……。

一晩まんじりともせずに、相沢はあれこれと思い悩み、翌日九時半の定時ぎりぎりに出社し、そのまま重い気持ちを曳《ひ》きずるように、同じ、七階の専務室へ出頭した。

「会社の業績が落ちこんでいることは、君も知ってのとおりだし、今度の深刻なAV不況は、どこまで続くのかトンネルの出口がまったく見えない。それで、君には気の毒だが、来年の一月いっぱいで会社を辞めてもらうことになった。これは会社の正式な決定なんだ。とにかく詳しいことは人事の方と相談してほしい」

いきなり……であった。

専務室へ出頭した相沢に、穂村は専務机の前へ立たせたまま、なんの前置きもなく、むしろ事務的な口調で早口に言ってのけた。相沢は、顎《あご》の張った固太《かた》りな穂村の顔を見つめていたが、咄嗟《とっさ》にはその言葉の意味が胸に落ちてこなかった。

気の毒……来年の一月いっぱい……辞めてもらう……。

一呼吸置いてからやっと、穂村の言葉が頭の中で響き合い、谺《こだま》し合う中で、貧血でも起こしたように、ふっと視界が霞《かす》んだ。

来年の一月いっぱい。

——辞めてもらう

そして馘《くび》。

そんな馬鹿な。なぜ、どうしてなのか。自分が勧奨退職者に選ばれた訳はなにか。いったい誰がどういう基準でそんなことをしたのか。〝会社の決定〟というのは、再考の余地がないということなのかどうか……。こんな一方的な首切り宣言のようなことが、許されていいのかといった憤懣《ふんまん》が、めまぐるしく脳裡《のうり》に去来し、縺《もつ》れ合い渦《うず》巻いた。

「ぼくの力では、どうにもならないことなんだ」

言い訳がましく穂村が言った。

どうにもならない、と穂村は言ったが、はたしてどうにかしようと、すこしでも努力してくれたのかどうか。おそらくなにもしなかったに違いないのである。

穂村は自分の体を張ってまで、部下を守ろうなどとは、絶対にしないタイプだった。部下の手柄は自分の手柄にし、自分の失策は平気で部下に押しつけるほうだった。もし穂村がすこしでも、相沢を庇《かば》おうとしたのだったら、そのために自分がいかに苦労したかを、それこそ恩着せがましく口にしないはずがなかった。

ビジネスの社会で、どの上役に付くかをみずから選択することは、不可能だった。ただそれにしても一貫して、穂村のような自分のことしか考えない上司の下に居《い》つづけたこと自体、相沢の不運でもあった。

勧奨退職という一瞬の衝撃が通りすぎると、相沢は意外に平静な自分に気がついた。

まさか、いきなり退職を宣告されるとまでは、夢にも思わなかったが、ほぼ同業の自動車用音響機器メーカーのトーオンが、相手先ブランド商品ＯＥＭなどの不振から、二年連続で赤字を計上し、希望退職者の募集に踏み切って、三百人の合理化を実現させたのが、この夏であった。

また、その直後の秋口には、磁気テープメーカーの国際化学工業も、中高年管理職五十名の『自宅待機』策を打ち出し、こちらはそれを白紙撤回するかどうかで、いまに至るもなお社内で揉《も》めつづけている。

それらのこともあったから、まんじりともせずにすごした昨夜〝レイオフ〟という言葉が、ちらっとだが、相沢の脳裡《のうり》に点滅したことも確かだった。

しかし業界でも、社員にたいして〝温情主義〟で知られたフロンティアである。いかに業績が悪化しているとはいえ、まだ赤字に転落したわけでもなかったから、いきなりそこまでのことはやらないだろう、と思ったりしたこと。

さらに地方都市への転勤命令であったとしても、それを拒否すれば、会社を辞めざるをえなくなる……などと、あれこれ思い悩んだことが、皮肉なことだったが、レイオフなどを飛び越えた勧奨退職という決定的な衝撃を、やわらげる作用を果たしたのかもしれなかった。

「こういうことになって残念だが、会社として正式に決定したことだから」

穂村はしきりに、腕時計に眼をやりながら言った。

穂村は、自分のデスクに座ったまま、相沢と向かい合ってから、一度も正面から相沢と眼を合わせようとせず、終始、落ち着きのない視線を、相沢の胸許《むなもと》から下に落とし、いかにも時間がないと言いたげに、繰り返して腕の時計に眼を落としていた。

そんな穂村を、相沢はむしろ冷静に見返しながら、いったい誰がどういった基準で、自分の馘を決めたのかということをはじめ、会社全体で何人が勧奨退職させられるのか。それを承諾した場合、再就職についての対策はきちんとできているのかどうか。退職金などの割り増しの条件はどうなのか。あるいは来年の一月いっぱいという、期限はいくらか延長できるのかどうか……といった点について、穂村に糺《ただ》してみたかった。

しかし、いま穂村になにを聞いても埒《らち》があかないことはその態度から見て、明らかだったから、相沢は黙って軽く一礼して踵《きびす》を返した。

専務室のドアの把手《とって》に手を掛けたとき、

「じゃ納得してくれたんだね」

と背後から穂村が声をかけてきた。

「なにをですか?」

振り返った相沢は尖《とが》った口調で言った。

「もちろん、いまの件だが……」

「そんなこと……」

ほんとうは「なにを言ってるんだ」と怒鳴りたい気持ちを、相沢は辛《かろ》うじて抑《おさ》えた。

「いちおうは了解してくれたと、そう思っていいんだね」

半《なか》ば媚《こ》びるような口調。

「こんな大事な問題を、いきなり言われても、即答できるわけがないでしょう」

煮える肚《はら》を抑え、突き放すように言って、相沢は専務室を出た。結局、専務室にいたのは、六、七分の時間でしかなかった。

二

池袋駅の東口から歩いて五分ほどの、雑居ビルの三階にあるその中華料理店は、日曜日ではあったが、午後三時すぎという中途半端な時間のせいか、十卓以上あるテーブルのほとんどが、空席であった。

相沢誠一と、同じフロンティアの製品企画部参与の熊井《くまい》和義《かずよし》が、向き合って座っている奥まったテーブルの他は、入口に近い席に子供連れの中年女性が、一組いるだけだったから、他人の耳を気にしないで話し合うには都合がよかった。

「それにしても熊井さんまで……というのは意外でしたし、変な言い方かもしれませんが、心強い気持ちにもなりました」

軽く挨拶《あいさつ》を交《か》わし合ったあと、相沢はいつになく燻《くす》んだような熊井の顔色を見て、男っぽい性格が売り物だった熊井も、やはり今度のことでは、相当に悩んだのだろうなと思った。

その日、朝十時すぎに相沢の自宅へ熊井から電話があって、午後からでも会って話し合わないかと言ってきた。

相沢も情報が欲しかったし、熊井が相手なら、ただ愚痴《ぐち》を聞かされるだけという心配もなかったから、相手の時間に合わせて、池袋で会うことにしたものである。

「心強い……ですか」

グラスのビールを半分ほど空けて、唇に付けた泡を無造作《むぞうさ》に拭《ぬぐ》った熊井が、相沢を見返し、苦笑しながら言った。

相沢と熊井は、担当セクションは違っていたが、営業本部に十年以上所属してきたし、同じ西武池袋線沿線に、自宅マンションを構えているという共通点もあって、本社のある目黒《めぐろ》から、帰りの山手線で一緒になったりすると、年に数回は、乗り換え駅の池袋で、軽くビールを飲んだりしていた。

格別親しいという関係ではなかったが、四年前に相沢が、営業本部長付として閑職に飛ばされたとき、熊井も営業部門から外《はず》され、製品企画部の参与という、明らかな窓際のポストに追われていた。

「熊井さんまで、勧奨退職の一人にリストアップされていたということは、昨日の新聞に出ていた、社長や人事部長の河辺《かわべ》さんの発言が、けっして正確ではなかったことの、証明にもなりますからね」

「いや、そんなことはないけど」

熊井は口ではそう言いながらも、人よりも長い顔に、満更でもない表情を浮かべて手を振った。

熊井和義は、相沢より五年先輩の昭和十年の生まれで、営業本部長の穂村と同じW大学の法学部の出身。もう一つ相沢と共通しているのは、フロンティア社へは中途入社だということ。

大学卒業後、熊井ははじめ大手の航空会社に就職したが、つづいて中堅貿易会社へ転職。その後フロンティアの前社長で、十一年前に出張先の韓国で急死した、大塚光洋《おおつかみつひろ》にスカウトされた。フロンティアへ入社した昭和四十六年は、大塚光洋が待望の社長に就任した年でもあった。

以来熊井は、二年後のオイルショック、それにつづく円高不況と、さらにはオーディオ不況などに代表される困難な時期を、秀《すぐ》れた経営感覚を持った大塚社長指揮のもと、営業の第一線に立って懸命に働き、業界ではフロンティアの営業に「ウマさんあり」と言われたほどであった。

熊井和義が社の内外でクマならぬ「ウマさん」と呼ばれたのは、もちろんその際立《きわだ》って長い馬面《うまづら》によるものだった。眉《まゆ》も目尻《めじり》も下がり、鼻の下と頤《おとがい》の長さが目立つ、どこか呆《とぼ》けた風貌《ふうぼう》で、しかし、熊井の営業の手腕は強引、かつ粘《ねば》りづよかった。

熊井は攻略すべきターゲットを定めると、宴席は言うにおよばず、麻雀《マージャン》、ゴルフ、囲《い》碁将棋《ごしょうぎ》、はては渓流釣りから登山に至るまで、相手の趣味を研究して接近し、陥落させるといった具合であった。

一方の同じ営業本部に籍を置いていた相沢は、あくまでも自社製品の優秀性をアピールするという、オーソドックスな正攻法に徹していたから、熊井の強引なやり方は、邪道《じやどう》に近いと思っていたが、実績ではとても太刀《たち》打《う》ちできなかったし、また熊井の小マメな一面には、感心させられてもいた。

それは熊井が、得意先や取引先の担当者の誕生日、あるいは結婚記念日などを細かくメモしていて、けっして高価ではないが、ちょっと気のきいた品物などを、忘れずにプレゼントしていた点である。

出張先からも郷土玩具など土地の珍品や、漬物といった千円程度のものを、必ず絵葉書などを添えて送っており、睡眠時間を削《けず》って十数通もの葉書を書いている姿に、感心させられたこともあった。熊井の不幸は、自分をスカウトしてくれた、大塚社長が急死したことであり、またその直後に、熊井自身も健康を害して、一年近く休職しなければならなかったことであった。

大塚社長が急死することなく、熊井も健康を損《そこ》ねずに乗り切っていたら、当然いまごろは取締役の一角に、席を占《し》めていたはずである。

「それにしても昨日の新聞の、社長と人事部長の発言はひどかったですね」

相沢は靖子の憤《いきどお》りを思い浮かべ、熊井に言った。

「まったく」

熊井も苦い表情でうなずいた。

「家内の実家の義父からも、こんな人間が社長をしている会社なんか、こちらから辞表を叩《たた》きつけて辞めたらどうかと、電話で言ってきたそうです」

「ぼくのところへもいろいろと電話があったよ。腹は立つし、恥ずかしいし……」

「とにかく退職の勧告をするにしても、やり方に配慮が欠けているんですよ」

「同感だね。ぼくなんかこの五月に結婚する娘の挙式の日まで、フロンティアの社員でいてくれと、家内に泣きつかれて困っているんだけど……。それにしてもこんなふうに抜き打ち的にやらずに、これこれこういう訳で会社も苦しいから、申し訳ないが身を退《ひ》いてくれと、社長なり副社長なりが、頭の一つも下げて筋を通して言えば、長い間お世話になりましたで、すむはずなんだ」

会社がもう、自分を必要としないというのだったら、そんな会社に恋々《れんれん》とする気はないからなと熊井が言った。

「記者会見のとき、社長は酔っ払ってたんじゃないのかって言う者がいたそうです」

「諸葛亮孔明《しよかつりようこうめい》の〝泣いて馬謖《ばしよく》を斬《き》る〟ではないけど、長年苦楽を共にしてきた、ベテラン幹部社員に身を引いてもらうのはつらい。しかし会社が生き延びるには、いまはこういう手段をとるしかない。経営陣も責任を痛感し、全員減俸処分とするが、辞めていく諸君には、関連会社などの再就職先も手当てするので、さらに能力を生かし、新天地で活躍されんことを期待する……と、そのくらいのことが言えなかったのかね」

熊井の口調が次第に激しくなってきた。

「そういう発言でしたら、われわれもできる限り、協力せざるをえないという気持ちにもなりますけどね」

「ところが、置いておくだけで周りに迷惑で害になり、ヤル気がないからどこへ回してもダメと、社長が公然と烙印《らくいん》を押すようなことを言う。そんなことを言われて、再就職先で受け入れてくれるところがあるだろうか」

「フロンティアで自分なりに、一生懸命働いてきたこの二十年は、なんだったのだろうかと考えると、情けない気持ちになります」

それは真面目《まじめ》な〝会社人間〟でありすぎたことへの、痛烈なシッペ返しであるのかもしれなかった。

昨夜も午後七時を回って、先に食事を済ませていた二人の子どもは、いつもなら、ふざけあいながらテレビを見ているところだが、それぞれ勉強部屋に引き上げていた。

昨年の暮に相沢が、勧奨退職を言い渡されて以来、自然に振る舞っているようでいて、子どもたちもなにかと神経を使ってくれていることが、痛いくらいに感じられた。その子どもたちが、それらの新聞記事を読んで、いったいどう思うかである。

級友たちに学校で、なんと言われるか。

「お前のおやじは、会社に置いておくだけで周りの迷惑になり、害を及ぼすダメ社員だから、馘になったんだろう」と、そういう言われ方をしても仕方のないことを、社長が堂々と公言したのである。

それに相沢や靖子にも、世間体《せけんてい》があった。

東京二十三区内の土地は高すぎて、とても手が出なかったため、相沢が西武池袋線沿いの清瀬《きよせ》市に、分譲マンションを買って移り住んだのは、長男が生まれてまもなくであったから、現在のマンションにもう十五年住んでいることになる。

八階建てのこのマンションには、約二十六世帯が居住していて、そのすべての人たちとつき合いがあるというわけではなかったが、十五年も住んでいれば、相沢がフロンティアに勤めていることくらい、居住者の大半が知っていた。

その人たちはいったいどう思うだろうか。

ここで相沢が会社を辞めれば、相沢だけでなく、靖子や子どもたちまで、肩身《かたみ》のせまい思いをすることは明らかだった。

大学の同期生にしてもそうである。

相沢誠一は、いちおう関西ではAクラスといわれる、国立大学法学部の出身で、今年が卒業してからちょうど三十年目に当たるため、この四月には大阪で大々的に、同期会を開くことになっていた。しかし、このままではいかにも体裁《ていさい》が悪くて、同期会など顔を出せたものではなかった。

三

資本金五百億円、従業員九千三百人を数える、東証第一部上場の音響機器会社のフロンティアは、戦後すぐの昭和二十二年に、現社長樫原一樹《かしはらかずき》の実父、樫原潔《きよし》が創業したものだった。

創業当初は、町工場に毛が生《は》えた程度の、小さなスピーカー・メーカーにすぎなかったが、アメリカ進駐軍向けの、ステレオ・メーカーに脱皮して会社の基盤を築《きず》き、経済の成長期を迎えると、国内のステレオブームと、ベトナム特需で急伸し、業容を拡大してきた。

その後、昭和四十年代後半に入り、ベトナム特需で急成長した同業他社が、そのベトナム戦争の終結にともなう、需要の冷え込みで斜陽化するなか、フロンティアが大きな蹉跌《さてつ》もなく、成長路線を歩むことができたのは、創業者樫原潔の後を継いで社長に就任した、大塚光洋の優れた経営手腕によるところが大きかった。

大塚光洋の功績は、まず樫原潔にスカウトされて、常務取締役でフロンティアへ入社した昭和三十七年以来、それまでのアメリカ進駐軍に依存していた経営体質を、自主独立路線へ、大胆に切り替えていったことであり、それがベトナム特需終息後の斜陽化を免《まぬか》れた要因でもあった。

また大塚が社長に就任してからは、主要なオーディオ部品を、コスト面で割り高に付く外注から、内部調達へ切り替え、販売面でも従来の問屋方式を改め、小売店と直販システムを採用し、確立していったこと。

さらには社長就任後七年で、金融機関からの借入金を完済し、無借金経営へ財務体質を改善した点等々。

その意味で大塚光洋は、文字どおりフロンティア中興の功労者であり、大塚光洋の急死の後を襲って、それぞれ社長と副社長に就任した、創業者一族の樫原一樹、佳樹《よしき》の兄弟は、大塚路線の踏襲……、大塚前社長が敷いたレールの延長線上を走ることから、経営者としてのスタートを切ったことになる。

二人の兄弟にとっては、大塚がフロンティアをいい会社にしてくれて、がっしりと基盤を固めた経営体を、残していってくれたことになる。

それはそっくり、出張中の韓国で急死した大塚の、無念さでもあった。

樫原一樹が社長になってまもなく、いわゆるバブル経済にともなう、家電製品、なかんずくオーディオ製品が好況の波に乗り、業績を上げていくことができた。社長、副社長の二人の兄弟の手腕ではなかったが、会社が伸びたことで、経営者としての自信を深め、みずからの手腕の結果と自己評価し、錯覚していった。

二人の兄弟に、本当に大塚光洋のような経営手腕があったら、バブル期はともかくとして、その後の景気後退と業績の低迷時にこそ、適切なカジ取りをしたはずだった。

社長、副社長の兄弟は、バブル破裂の被害をまともに喰らってしまった。

そのための俄《にわ》かな合理化強行の、幹部社員にたいする、勧奨退職の勧告、それも年末の十二月末に通告《つうこく》し、一月早々には首を切られて当然の連中だったと、マスコミに放言する始末になってしまったのだった。

「ぼくと同じ部署にいた関根邦雄《せきねくにお》さんなんか、やっと決まりかけていた再就職の口が、あのコメントで駄目になるにちがいないって、ひどく怒っていたけど、無理もないな」

運ばれてきた焼そばに箸《はし》を使いながら、熊井が長い顔を上げて言った。

「関根さんも退職組だったんですか」

相沢が聞き返す。相沢より二歳年上の関根邦雄は、英語が堪能《たんのう》で、やはり四、五年前に、窓際に飛ばされるまで、ステレオ事業部にいたはずである。

「彼なんかアメリカの営業所とか、語学力を生かしたポストがあると思うんだけどね」

「そういえば関根さんも、われわれ同様に中途入社でしたね」

「オーディオ専門雑誌の記者として、取材で会社に出入りしているうちに、語学力を買われてスカウトされたんだ」

フロンティアのように、戦後急激に成長した会社では、その間、人材の育成が間《ま》に合わないため、どうしても中途採用者が多くならざるをえない。そのためひところは、二十名の取締役のうち、実に四分の三近い十四名までが、中途入社組ということさえ、あったくらいである。

「だいたい人事部長の河辺なんてのは、樫原社長と佳樹副社長のお髭《ひげ》のチリを払うことで、うまく重役に取り立ててもらったような人物だからね」

「たしかに……」

「河辺というのは入社以来、人事部から一歩も外へ出たことがないんだな。それだけに部署の異動や転勤などにともなう社員の苦労とか、複雑な心情などについて、理解できないんだろうネ」

「営業で言えば、新しい大口の取引先を開拓してきて、その成約のときだけ儀礼上立ち会った部長が、その功績を横取りし、長い間下ごしらえで努力してきた者は、まったく報《むく》われないというようなこともありますから」

固有名詞は出さなかったが、穂村のことであった。営業スタッフとして第一線に立っているとき、部下に言われて、その点を穂村に考えてほしいと注意してから、相沢は穂村に睨《にら》まれるようになってしまった。

その結果が、退職者リスト入りにつながっていることは、相沢にもわかっていた。

「で……」

焼そばの箸を置いて熊井が、一息ついて相沢を見上げた。

「はぁ」

「相沢君はどうするの」

「どうしたらいいのか、残ると言ってみても、はじまらないでしょうし……」

「そんなことはないだろう。強く残留を希望したら、それでもなにがなんでも辞めろと言えるかどうか」

「会社に置いておくだけで、周囲に迷惑で害を及ぼすダメ社員だって、そこまで言われて残れますか」

「相沢君は自分のことを、そんな人間だと思っているの？」

「とんでもない。もう一度カーステレオの担当に戻してくれたら、こういう不況時に合った営業をやって、成績を上げてみせます」

「ぼくにしてもまだやれる」

相沢の気負《きお》った口調に引かれて、熊井が長い顔の頤を強く引いて言った。

「おとなしく辞めてしまっては、いけないでしょうか」

「社長と人事部長の二人と、抱き合い心中をするくらいの覚悟で、勧奨を拒否すべきだろうな」

「ただそう出た場合、再就職の問題がどうなるか……」

迷いの原因はそこにあった。やはり会社に再就職先を斡旋《あっせん》してもらいたい。それが可能なら、一番スムーズな方法である。

「再就職の手当なんか、本気でする気持ちがないから、あんな発言になるんだと、ぼくは思うよ。それだけにここでは、せめて有志だけでもいいから、心を合わせて勧奨退職という理不尽で、一方的な会社側のやり方に、正面から対処していくべきだと思うんだよ、どうだろうかね」

みずからグラスに注《つ》ぎ足したビールを、熊井はぐいと飲み干した。

五十七歳の熊井は、このままフロンティアの社員として、なにごともなく経過したとしても、定年まであと三年しかなかったし、嘱託として残っても一年間。つまり四年後の六十一歳では、新しい働き口を、どうしても見つけなければならないのだった。

取締役にもなれなかったビジネスマンが、六十一歳で完全リタイアして、悠々自適《ゆうゆうじてき》の生活が送れることなど、考えられなかった。

　だから正面から対処しようという。

　つまり配慮に欠ける言動や、一方的な勧奨のやり方の非《ひ》を責めて、社長や人事部長を追い詰めていく。そこで会社側も本気になって、三十五人の勧奨者に、新しい職場を考えないわけにはいかなくなるはずだと、計算しているのかもしれなかった。

「熊井さんは、じゃ拒否しますか」

「拒否するよ。どっちへ転んでも、ぼくにはもう失うものがないから」

「それならマスコミを、積極的に利用すべきだと思いますね」

「うん。マスコミか。いいね。騒ぎにしてしまうことだな。それも大きな騒ぎに」

「熊井さん、どなたかマスコミに知りあいはいませんか」

「お互いに考えようぜ。昔の名刺を整理したりして。しかし二人じゃ仕方ないな。三十五人全員集めなくちゃ」

「リストを手に入れなければ……」

「そうだ。三十五人のリスト。河辺に出させてやる」

　熊井の口調が不意に弾《はず》んだ。

四

八畳ほどの居間が、夜は夫婦の寝室になった。

いちおうは2LDKだったから、十五年前に買ったときは、夫婦の寝室もあったのだが、二人の子どもが成長し、それぞれ一室ずつを要求、やむなく相沢と靖子は居間に布団を敷いて、寝るしかなかった。

「いかがでしたの?」

日曜日でもやっている進学塾から、午後九時前後に帰って来る長男の律夫のために、軽い夜食を用意し、片付けものと風呂をすませた靖子が、仕切りの襖《ふすま》を閉め、二つ布団を敷いた居間へ入って来たのは、もう十時半を過ぎてからだった。

「会社側の言うとおりに、黙って辞めることはないというんだよ」

相沢は先に入っていた布団の右側へ、身体と枕をずらしながら言った。

あら、今夜もいいんですか……という眼で、相沢を見返した靖子が、ベージュ色の普段着の半袖ワンピースを脱ぎ、襟許《えりもと》にフリルの付いたパジャマへ手を伸ばした。

「着なくてもいいよ」

「あら。そう」

「はやく……」

「それよりも熊井さんもやっぱり、怒ってらしたでしょう」

「そりゃ仕方がないさ。新聞であれだけ公然とののしられて、怒らない人間がいたら、そのほうがおかしい」

「それは確かだわね」

「熊井さんも穂村から、ぼくと同じに馘を言い渡されたときは、自分をいらないという会社なんかあっさり辞めて、そのかわりライバル会社に移って、フロンティアのシェアを喰い荒らしてやろうかって、思ったんだそうだけどね」

「それじゃ、どうして……」

「上の娘さんが、今年の五月に結婚するんだそうだよ」

「ああ、なるほど」

靖子は、相沢が脱ぎ捨てたものを簡単に畳んでから、後ろ向きになって下着を脱ぎ、相沢の横へ身体を滑《すべ》りこませてきた。

いまどきの子どもは、夫婦が並んで寝ることを、それが父と母であっても当然のこととして受け入れてくれる。そういう点では楽だし、襖でダイニングルームとは仕切ってあったから、靖子が声さえ気をつければ、なにをしてもいいはずだった。

「それで奥さんに、娘さんの結婚式がすむまでは、フロンティアを辞めないでほしいと、言われたらしいんだな」

相沢は左手で腕枕をするように、靖子を引きよせた。湯上がりのしっとりした女の素肌の匂《にお》いや感触が、男には心地よかった。

「そりゃ一部上場で、有名会社の管理職の娘としてお嫁にやったほうが、箔《はく》がつくわね」

「そういうことで迷っているところへ、昨日の新聞というわけだ」

相沢は手の平に余るほどの、たっぷりとして量感のある靖子の乳房へ、優しく右手をそえながら言った。

「社長と人事部長が揃って、新聞にあんなことまで喋《しやべ》ってしまったら、再就職だって難しくなるでしょうし」

「その再就職だけど、熊井さんが営業時代の顔を効《き》かせて、フロンティアの関連会社三社ほどに聞いてみたんだそうだが、どこもぼくらを受け入れてくれという話は聞いていないし、この苦しいときにそんなことを言われてもとても受け入れる余裕はない、って言われたそうだ」

その日相沢は、池袋の中華料理店で熊井と二人で、中瓶のビールを四本空け、さらにその後、こうなったらもう少し飲もうという熊井に付き合って、駅ビルの中の居酒屋のような店に入り、大瓶のビールを四本飲んでから電車に乗ったため、帰宅したのは九時を回ってからになってしまった。

その関連会社の話は、駅ビルの店で聞いたものである。

「考えてみれば、ご本体が苦しいんですから、関連会社にそんな余裕はないというのも、当然かもしれないわね」

「どうもそういうところから推測しても、会社が再就職口の斡旋に、真剣に取り組んでいるとは思えないというんだ」

そう言いながら相沢は、靖子の左右の乳房へ代わるがわる手を這《は》わせ、その豊満な感触を味わうように、やわらかく揉みこんでいった。

相沢が靖子と結婚したのは十八年前で、フロンティアへ入社してから二年後であったが、その前に勤めていた中堅商社の、直属の上司の紹介による見合い結婚だった。相沢が三十四歳、靖子は三十一歳で、ともに晩婚だったが、靖子の場合は脳溢血《のういっけつ》で倒れた祖母の看病のために、婚期を逸《いっ》しかけていたものであった。

靖子の家庭は、父親が区役所に勤める公務員、母親も当時は小学校の教師をしていて、製薬会社に勤める兄も、結婚して家を出ていたため、短大を出て繊維会社に勤めていた靖子が、会社を辞めて祖母の看病に当たるしか、なかったのである。

けっして美人とはいえないが、可愛らしい感じの丸顔で、性格も明るい靖子の、日本人にしては抜けるような色の白い肌と、それに豊かな胸許《むなもと》の感じに、相沢は特に魅《ひ》かれて結婚した。

岡山《おかやま》県の瀬戸内海に面した地方都市で生まれた相沢は、四歳のときに、応召《おうしょう》していた父がフィリピンで戦死。横浜の母の実家も、いつ空襲を受けるかわからないという状況であったため、そのまま岡山市のはずれで、小規模な造り酒屋を営む父の実家に身を寄せ、高等学校まで祖父母の家から通った。

高等学校での成績が良かったため、祖父母や父の兄に当たる伯父は、地元の大学へ行くなら学費を出してやると言ったが、祖父母の家に居《い》るのがいやで、母に受験費用を出して貰って、大阪の国立大学へ進学した。

横浜出身の母は身長が一六三センチで、当時の女性としては背が高く、色白で彫りの深い細面《ほそおもて》の、美しい人であった。

相沢は母のその美しさを、いつも誇りに思っていた。

密《ひそ》かに言い寄る伯父を巧《たく》みにあしらい、その美しさのゆえに、数ある再縁の話を断りつづけて、すぐに母も大阪へ出て来て、デパートの独身寮の賄婦《まかないふ》の仕事を見つけ、天王寺《てんのうじ》の木造モルタルの、粗末なアパートではあったが、母子水いらずで暮らした四年間が、物心《ものごころ》ついて以来の、相沢がはじめて味わった幸せな時間であった。

その母が心筋梗塞《こうそく》で急死したのは、相沢が大学の卒業を目前にした、昭和三十八年二月の寒さの厳しい日だった。

家庭教師のアルバイトを終えた相沢が、午後九時過ぎにアパートへ帰ったとき、銭湯から戻って、すぐ発作に襲われたのか、洗面器を抱え込むように倒れていた母の身体は、火の気がない部屋で、情けないくらいに冷たくなってしまっていた。

四十三歳の早すぎる死であった。

プライドの高い相沢の性格は、戦争未亡人の母子、父なし子……などと馬鹿にされないために、苦しいときでも胸を張れ、卑屈になるなと言いつづけた、母の言葉を聞いて育ったせいだった。

相沢が靖子の色の白さと、豊かな胸に強く魅かれたのは、やはり色白で細身の割に乳房が大きかった母の、面影《おもかげ》をそこに求めたからでもある。

「それで熊井さんは、どうしようっておっしゃるの？」

靖子の手が、血を孕《はら》みだした相沢の部分を、強く握りこんできた。

「まず第一に、白紙撤回を求めるというんだけど、話がこれだけオープンになってからでは、逆に会社側も動きづらい。白紙撤回というわけにはいかないだろうな」

相沢は、乳房を愛撫していた手を、ゆっくりと靖子の下半身へ滑らせていった。

「それじゃ……」

「最悪の場合でも、再就職が決まるまでということで、人事部長で埒《らち》があかなかったら、社長室へでもどこへでも、ねじこんでいくと言っていたけど」

相沢は靖子の肌の、毛筋のやわらかい短冊《たんざく》型の茂《しげ》みを、指先で掻《か》くように愛撫した。

「あなたのお気持ちはどうなんですか？」

「どうって……」

「社長や人事部長が、あんなひどいことを言うような会社に、残りたいのかどうかということ」

「そうだな、もし残れたとしても、今回の三十五人の中の一人であったということは、いずれ会社中に知れ渡るだろうし、経済的には安心かもしれないけど、居心地《いごこち》はけっしてよくないだろうからね」

「定年まで、まだ八年もあるんですよ」

「徹底的に馬鹿にされたんだから、意地になって居座ってやるという手もある……」

「わたしも今日一日考えたんですけど、こんなことでわたしたちの、夫婦の楽しみまで壊されてしまったら、たまったものじゃないと思ったの」

そう言いながら靖子が、相沢の身体に脚を絡《から》ませてきた。

「今日はだいじょうぶさ」

強く握りこむ靖子の手の中で、急激に硬度を増したその部分の感覚を確かめながら、相沢は潤《うるお》いを溢《あふ》れさせる妻の中心部へ、指先を進めていった。

靖子がこんなことで、夫婦の楽しみまで壊されたくないと言ったのは、昨夜妻の身体へ深く押し入れてから一分と経たないうちに、射精したというのではないのに、どういうわけか急速に萎《な》えてしまい、どんなに努力しても、昨夜はついに不能で終わってしまったことを指していた。

「あなた今日はだいじょうぶよ」

「昨夜の埋め合わせだよ」

相沢はそう言って体を起こすと、靖子の下股を大きくひろげ、悩ましい亀裂の間から、丸みを帯びた薄いピンク色の先端をのぞかせているクリトリスへ、刷《は》くように舌先を差し向けていった。

五

「今回のことでは、皆さんに大変ご迷惑をお掛けしたようで、わたしもいろいろと反省しております」

人事部長の河辺正弘《まさひろ》が、そう言いながら頭を下げる姿を横目に、相沢誠一はソファーに深く腰を埋め、冷ややかに見返していた。

「本当に反省されたんでしょうね」

一呼吸置いてから、相沢は突き放すような口調で言った。

本社八階にある、人事部の奥まった東側の角に、ガラスで仕切った五坪ほどのスペースが、人事部長の部屋であった。

いま相沢が座っているソファーから立って窓際へ寄ると、東側に山手線の線路が、また北側には目黒通りを流れる車の列が、そっくり見下ろせるはずだった。

「社長以下、全役員が揃《そろ》って反省しています。近々、社長が皆さん一人一人に、お詫《わ》びすることになるはずです」

チャコールグレーに、白いストライプの入った三つ揃いの背広に、同系色のネクタイをきちんとしめた河辺は、小柄で色は浅黒かったが、メタルフレームの眼鏡を掛けた顔はいちおうは整っていた。しかし、この男が笑ったらどんな顔になるのだろうかと、つい考えてしまうくらい、陰気な印象のその顔には、人間らしい表情の動きというものが、ほとんど見られなかった。

「本来なら、今日が必要書類を提出する、期限の日でしたね」

相沢は人事部の女子社員が、眼の前のテーブルに揃えていった、香りのいい熱いお茶に一口つけて、昨年の暮とは、あまりにも違う待遇の格差に、むしろ戸惑いを覚えたくらいだった。

　営業本部長の穂村から、いきなり退職の勧告をされた昨年の十二月二十二日に、河辺をこの室《へや》に訪ねたときには、いちおうソファーはすすめられたが、お茶は出なかったし、河辺はなにを訊《き》いても、ただ「会社としては正式に決定したこと」、「まだ申し上げる時期ではない」と、同じ言葉を繰り返すだけで、まったく取り付く島もなかった。

　退職金受給申請書、退職所得申告書、離職申請書、健康保険任意継続申請書、持株会脱会届……という必要書類の説明も、若い社員を呼んでやらせたものだった。

「ですから、そのことを説明するために、相沢さんに来ていただいたのです」

「退職の時期が延期になったという話は耳にしましたけど」

「それはどなたから？」

「今度は再就職が決まるまでということに、なったんじゃないんですか」

「おっしゃるとおりです。しかし……」

「昨日からその噂《うわさ》は、社内に流れていましたからね」

「そうでしたか」

「一月十四日には、退職期限が二月十五日まで延期され、今度は再就職が決定するまでということですが、なにか小刻みに方針が変わっているという印象を受けます」

「ですからそれも、いろいろとご迷惑をかけたことに対する、反省のあらわれだと思ってください」

「この流れでいくと、もう少し待てば勧奨退職は、白紙撤回ということになる可能性も、ないわけではないと……」

「いや、それはありません。白紙撤回ということはないんです」

「ではもし、定年まで再就職が決まらなかったら、どうなるのでしょうか？」

「再就職が決まるまでと言っても、無期限ということではありませんから……」

まだはっきりと決定したわけではないが、いちおう一年くらいを、目安にしてほしいのだと河辺が言った。

「もう一つ、会社では本気でわれわれの再就職先を、探しているんですかね」

「もちろん探しています。人事部だけでなく、役員にもおねがいして、いろいろと動いてもらってはいますが、どうもいまの経済環境が厳しすぎる」

「経済環境の厳しさもあるでしょうが、置いておくだけで、周りに迷惑で害になる駄目社員だと表明したんだから、そういう人間を受け入れてくれるところとなったら、ほとんどないんじゃないんですか?」

相沢はたっぷりと皮肉をこめて言った。

その日は一月二十九日で、三十日、三十一日が土、日曜であったから、実質的な一月はこの日までであった。

相沢の家庭では、妻の靖子が短大時代の友人が働いているという、パートの仕事先を見付けてきていたが、子どもたちのことも考えて、正式に退職が決まり、再就職先の条件がはっきりするまで、パートに出るのは待つようにと、言ってあった。

「あれは、社長もわたしも失言でした。その点も含めて深く反省しているわけです」

軽く頭を下げて言う言葉は、慇懃《いんぎん》であったが、本心から反省しているはずがなかった。

しかしなにを考えているのか、河辺の動きのない表情からは、本心を読み取ることができない。

「ところで、昨年の十二月二十二日にもお聞きした件ですが、わたしたち三十五人が選別された基準は、いったいどういうことだったのでしょうか?」

フロンティアの従業員九千三百人のうち、管理職者は千百六十人。そのうち今回の勧奨退職の対象となった、五十歳以上五十九歳未満の管理職者は、三百三十人である。そのほぼ一割強の三十五人の中に、なにを根拠にして自分が選ばれたのかという疑問点について、できることなら相沢は正確に知っておきたかった。

相沢が東京の大手町《おおてまち》に本社のあった、中堅商社からフロンティアへ転職したのは、ほぼ二十年まえの昭和四十八年四月であった。

前に勤めていた中堅商社が、業績不振から財閥系大手商社に吸収合併されることになり、管理の厳しいその大手商社の社風が、相沢の肌に合いそうもなかったため、そのころ営業部門の人材を求めていたフロンティアに、先輩と共に転職したのだった。

当時は大塚光洋社長のもとで、音響ご三家の三位であったフロンティアが、トップに躍《おど》り出た時期であり、熾烈《しれつ》なシェアをめぐる競合のなかで、全国に営業所網を展開しつつあったから、席の暖まる暇もないくらい出張も多く、一緒に転職した先輩は、あまりの激務に一年で退職していったくらいである。

〝守るより、攻めろ〟〝生販一体〟という大塚社長の号令を合言葉に、平均睡眠時間が五時間を切るほどの激務の中で、今日のフロンティアの土台を築く、役割の一端を、自分たちは担《にな》ってきた……という、密《ひそ》かな自負と自信が相沢にはあった。

とくに相沢が、フロンティアへ入社した二年後あたりから、従来の音響メーカーから、杉山《すぎやま》電気やポニー工業といった、大手家電メーカーに競争相手が変わり、強固な営業網、販売網を全国的に確立している、これらの家電メーカーとの闘いには、筆舌《ひつぜつ》に尽くし難い苦労があった。

そうした過去の実績については、一顧《いっこ》だにされず、ただ上司との折り合いが悪かったという理由で、閑職に回された四年前からの評価だけで、退職を勧告されたのでは、いかにも救いがないという気持ちだった。

おそらく熊井や関根も、同じような気持ちであるに違いない。

過去の功績を、いまさら誇示する気持ちはなかったが、そこまでのことがわかっていて、なお会社は自分にたいして、もう辞めろと言っているのかどうか……。

そのへんをはっきりさせたかった。

「それは新聞にも出たとおり、過去五年ほどの人事考課に基づいたもので、それ以前に、大きな功績を残されている相沢さんなんかには、申し訳ない結果になったことは、重々わかっているつもりです。ただ……」

「ただ……、なんでしょうか」

相沢は、ふたたび頭を下げた河辺に、胸の中で溜息《ためいき》をつくように聞き返した。

「ただ十年以上前の功績などについては、人事部でも把握できない点が多々ありますので、最終的なチェックは、直属上司のご意見を参考にするしかありませんでした」

「直属上司……ね」

やはりそうだったかと、思わず唇を噛《か》む相沢の脳裡に、頤の張った浅黒い穂村の顔が、大きく浮き上がった。

〝ぼくの力ではどうにもならないんだ〟とぬけぬけと言っていた穂村。

「けど、みんな同じですからね」

「同じ?……」

「いま相沢さんは熊井さんと、三十五人の先頭に立って動いているけど、社長のところへ相沢さんについて、いろいろ言ってくる人もいるんですよ」

「なにを言っているんですか」

「誰にしたって、自分が一番可愛いっていうこと」

「まさか、熊井さんがぼくのことを社長のところへ?」

「穂村さんだけじゃないんです」

「よくわからない」

相沢は河辺の爬虫類《はちゅう》のような顔を、まっすぐに睨《にら》むように聞いた。

「自分だけはよく思われたいとか……」

「よく思われるって、いまさら思われたってどうしようもないでしょう」

「そうでしょうか」

こんどは河辺が、細い眼で正面から相沢を見つめた。

「違うんですか」

「三十五人に火をつけ、扇動しているのは自分ではない。その点は誤解しないでもらいたい。今回のことで、マスコミが社長の配慮のなさについて、あざけっているのは、相沢さんが工作した結果だそうです」

「なに？」

「フロンティアの経営陣が、こんどのことで世間から笑い者になったのは、相沢さんがマスコミを巻きこんだためだって、社長に釈明したそうですから」

「そんな……」

相沢は言葉を呑んだ。

マスコミ工作を提案し、新聞記者にわたりをつけて、取り上げさせたのはたしかに相沢だった。

おかげでフロンティアの樫原兄弟、社長と副社長はいま、ばかな経営者の見本ということで、産業界の笑い者になっていた。それはすべて相沢の責任だ。社長を笑い者にしてしまった犯人は相沢で、自分ではないと熊井が樫原社長に告げ口をしたという——

「相沢さんたちの結束に、水をさそうなんて思ってはいないけど、覚えがよければ、有利な再就職口が割り当てられるということも、ないわけではないでしょう」

「信じたくありませんね」

「特に六十歳に近い方は、再就職では一番不利ですから」

「それで？」

「え、いや……。いまのはぼくの独り言《ひとごと》。そう思ってください」

皮肉っぽい上眼で相沢を見上げていう河辺の言葉を聞きながら、何の脈絡もなく相沢の脳裡に靖子の白い裸身が大きく浮き上がった。

——抱きたい。

相沢は思わずつぶやいた。妻の靖子を抱きたい。どうせおれたちは虫けらのようなものだ。踏みつぶされる運命にある。頭の上に強者の重い靴が、いまのしかかってきている。踏みつぶされて絶命する前に、せめて子孫の種だけでも、しっかりと妻の体内に植えつけ、遺《のこ》しておかなければ大変だ。

相沢はのろのろと立ち上がった。

天使のえくぼ

一

二泊分の衣類を詰めたバッグを受け取り、届けにきた妻と上野駅の改札口で別れて、森《もり》田俊雄《たとしお》は十七番線のホームへ入っていった。特急のひたち25号はまだ入線していない。ホームの売店で缶ビールを一本買って、袋に入れてくれと頼んだら、無愛想な中年の女子店員に突慳貪《つっけんどん》に扱われた。

「いま飲むわけじゃないんだ。冷えた缶ビールをいつまでも手に持っていられないよ」

事情を説明するというよりも、言い訳めいた響きで言って踵《きびす》を返したとき、斜め横で笑っている小柄な白い顔があった。なにがおかしいんだと売店の女への不快な気持を振り替えるように唇をとがらせたとき、「部長さん」と若い娘が呼んだ。

「え?……」

娘はもう一度クッと喉《のど》で笑った。

たしかに見覚えのある顔だったが、誰だったか咄嗟《とっさ》には名前が浮かばなかった。

「いわき工場へ出張ですか」

「そう。しかし仕事というより土、日のゴルフ目当てだけどね」

——誰だったか
取締役に昇進し、本社の技術開発部長になる前は、福島県のいわき市にある主力工場の副工場長だったし、アゲハ化学の研究部門はいわき工場に集中していたから、重役陣では本社と工場の往復頻度は、森田が一番高いはずだった。

「さっきの方、奥さんでしょう」

「家が湯島だから地下鉄なんだ」

つくり笑いで答えながら、間違いなく会社の女子社員だと、森田は自分にうなずいた。

一五五センチほどの身長で丸い顔に眼鏡をかけ、細い一重瞼《まぶた》の目と、パーマでちぢらせた短い髪。すくなくとも美人ではない。

「湯島だと末広町で降りるの？」

ちょっと蓮《はす》っ葉《ぱ》な口調である。

「うん。マンションだけど」

「部長さん、わたしのことわからないんでしょう？」

「何課だったかね」

虚を衝《つ》かれた感じで、森田はごまかすように聞いた。

「厚生課の石井咲子《いしいさきこ》です。やっぱりそうね。ヘンな顔してたから、部長さん困ってるんじゃないかと思った」

「でも階段でよく会っていたろう」

森田はやっと手懸りを摑《つか》んで言った。

「わたしも部長さんもエレベーターに乗らないから」

「石井君は美容のためかな」

「部長さんは老化の防止ね」

咲子の言葉で、ようやく余裕のある笑いを浮かべた森田に、咲子は遠慮会釈のない口調で言った。

しかし森田は「そうだったな」と、胸で自分にうなずき返した。

ヒップ美人——

ヒップというよりも、小柄で太り気味な咲子の場合は〝お尻〟と言ったほうがしっくりする。弾みをつけて階段を昇っていく咲子を、追いながら下から見上げるとマルだけという感じだった。やはり〝お尻〟である。

日本橋の六階建て本社ビルは、一、二階にテナントが入っていたから、アゲハ化学が使っているのは三階から上。役員室は六階にあったが、森田の技術開発部は四階。厚生課はもう一階上のはずだった。取締役に昇進した森田が、いわき工場から本社の技術開発部へ移ったのは四年前である。

歩いて階段を、四階まで上がるようになったのは本社へ移ってからで、老化の防止といった咲子の表現とはちょっと違うが、やはり足腰を鍛えるためだった。

もちろん偶然だったが、朝の出社時に階段で咲子と会いはじめると、一週間に三日ぐらい若い咲子に追い抜かれたりした。だがそれが森田にはなんとも言えぬ愉《たの》しみになっていて、お世辞にものびやかで美しい女らしい肢体……というのではなかったし、咲子も意識してボディコンを強調してみせているわけでもなかった。

それでも短い下肢にぴったりとフィットしたスラックスとか、ミニのスカート姿のときは、男の視覚にはなんとも刺激的な、妖《あや》しく揺れて階段を昇っていく咲子のお尻に、森田は思わず唾《つば》を飲みこんだ。

眼の前で、くりっくりっと躍動するヒップの動きを見ながら、そこにパンティラインが浮き出していないのは、いったいどんな下着をつけているからなのか。それとも……と、五十歳を目前にした森田だったが、妄想に年齢は関係がなかったから、よからぬ想像を働かせた。

「石井君はどこへ行くの」

森田はホームの時計を見上げ、そろそろ列車が入線してくる時間だなと思って、咲子に確かめた。

「部長さんは植田ですか。わたしは湯本まで買ってあるんです」

「ぼくも湯本だよ。明日はゴルフだから」

「あら、同じ駅ね」

「しかし石井君はスパーリゾート・ハワイアンズへ行くんだろう」

森田は気ままなOLへの羨望《せんぼう》をこめて言った。咲子に限らず彼女たちは金を持っていて、連休をたっぷり愉しむ時間もある。

いわき市はかつての石炭の町。

石炭産業が崩壊してから、常磐ハワイアンセンターのある町として再生、それが温泉とリゾートをミックスしたような、一大アミューズメントセンターに変貌《へんぼう》し、相応に人気を集めているらしいことは、いわき工場時代によく耳にしていた。

「そのつもりだったんだけど、お友達が急に行けなくなっちゃって、だからわたし一人なんです」

「しかし湯本へ行くんだろう」

「わたしの分の切符がもったいないからよ。土曜と日曜日、急にほかのことをしようとしても、ちょっとすることがないし……」

「じゃ湯本でどこへ泊まるの」

「民宿でもいいと思ってるわ。小さな温泉宿なら女一人でも泊めてくれるわ」

「金曜日の夜だよ。宿が決めてないなんて無茶だな」

「いつもそうしてるわ。部長さんは？」

そのとき十八時発のL特急スーパーひたち25号が、静かに入線してきた。とたんに構内の放送が騒々しくなる。森田は咲子の言葉を聞きながら、このこはお尻が丸いだけではなくて、もちろん醜いということはなかったが、顔も体もすべてが女の脂肪で丸くなっていて、そのため歩いて会社の階段を上り下りする美容上の必要には、かなりな切迫感があったんだなと思い直した。

「ぼくは湯本の温泉の一軒に部屋がとってある。温泉に入ってマッサージをして、明日のゴルフに間にあえばいいんだ」

「じゃ安心ね」

列車がホームに停ったが、まだ乗車は許されていない。

「安心って、こっちは男だからどこに泊まったっていいさ。しかし君のは危なっかしいね」

「駅の観光案内所で、民宿やあまりはやらない温泉を世話してくれるのよ」

「それにしてもだよ。女一人っていうのは」

「わたしはなにかあってもらいたいくらいだわ」

あまり似合わない眼鏡の丸い顔に、咲子は笑いを浮かべてあっけらかんと言った。ホームの乗客たちはすこしずつ列車ごとの乗車位置へ移動しはじめた。森田はいつものネクタイにダークグレーのサラリーマンルック。咲子はジーンズに赤い縞《しま》模様のシャツを着たラフな姿で、衣類が詰まっていると思われる大ぶりなショルダーバッグを肩から下げていた。

「よかったらぼくの宿へきてもいいよ」

なにかあってもらいたいくらいだという、咲子の言葉が気になって、森田はわざとしかつめらしい顔で言った。

「あら」

「一部屋とってあるんだから、何人泊まってもいいはずさ。もっともホテルと違って一人一泊料金は取られるけど」

「部長さん、ヘンなこと考えてるんじゃないの？」

咲子が細い眼で森田を覗《のぞ》き上げた。

「なに」

「そうなんでしょ。どうせ女一人なんだからなんて思って」

「ばかなことを言うな」

森田は気色ばんで言った。普段会社ではどんな話し方をする女子社員なのか、それがわからない。それにしても奇妙に挑発的な、馴《な》れなれしい言い方である。

「ちょっとぐらいはさ、思っているでしょ。若い女の子をなんとかしたいなんて」

「親切心からだよ」

森田はまともに言い返すのがばからしく、苦笑で投げ返すように言った。もちろんそんなつもりで言ったわけではない。しかし咲子が言うように、全然思っていないかと開き直られてみると、この辺であるいはちょっぴり期待していたかなと、自分の胸に手を当ててみたくなる。

咲子の言ったヘンなこと……までの発展はともかくとして、同じ宿の部屋に女性と一緒に泊まれば、男一人より愉しいことは確かだった。

「わたし前の方の2号車なの。部長さんはグリーン車？」

「うん」

「じゃ別れ別れね。湯本着は八時六分だから、わたしがグリーン車の方へ迎えにいってあげる。だから部長さんはビール飲んで寝ちゃってもいいわよ」

「ちゃんと時間を調べてあるんだね」

「ちょっと聞きたいんだけど、部長さんの泊まる温泉、一泊いくらなの」

「ゴルフで泊まるだけだからね、安い温泉さ」

「でも一人一万円以下っていうことはないわよね」

「そりゃまあ、一応温泉だからな」

「じゃね、わたし前へ行くわ」

なんのために値段を確かめたのか、気がよさそうでいて、しかしちゃっかりしている感じでもあり、咲子は森田に手を上げて、会社の階段を上がるときと同じように、丸いお尻をくりくりさせながら、小走りに去っていった。

二

広々としたテラスに、遥《はる》かに太平洋を渡ってきた晩秋の澄んだ朝の輝きが満ちていた。

開場二十五年を経過した名門コース。ワンフロアシステムの広々としたクラブハウスで、森田は研究所長で同じ取締役の楠本《くすもと》、それに副工場長の形山《かたやま》と三人で、スタート前のコーヒーを愉しんでいた。

数えきれない松にセパレートされた、一応は林間コースということになってはいたが、実際には目前の小名浜港に近い海と対面し、潮風が直線的に匂ってくるシーサイドコース。森田もいわき工場の副工場長だった四年前には、法人メンバーに名前を連ねていたこともあった。

「トップに政治的に動かれちゃうと、下は戸惑うばかりですね」

取締役になって本社へ移った森田の、後任として副工場長に就任した形山が、神経質にタバコをふかしながら言った。楠本も含めて三人とも東北の国立大学の理学科出身。同じ出身大学の年次では、楠本が森田の四年先輩。形山は三年後輩という関係。

「しかし城野《じようの》専務だけど、森田君にたいして本当にそんなことを言ったのかね」

「わたしもその会議に出ていましたから」

半白な髪の楠本が唇をとがらせて言い、森田は楠本に向き直って間違いないと答えた。

「それじゃ技術研究にたずさわる人間に、技術部門担当の専務が責任をすべて押しつけようとしているっていう噂《うわさ》は、本当だったということになる」

「短い間に、これだけひどいことになってしまいましたからね、会長も社長も自分一人で責任をかぶりきれません」

「すべてはアゲスチンなんだ……」

これから気心の知れた仲間との愉しいプレーに、コースへのり出そうというにはちょっと調子のおかしい沈んだ口調で、森田は楠本と形山に言った。

アゲハ化学の経営首脳はいま、中興の祖といわれたワンマンの石橋《いしばし》会長派と、実はその石橋会長のお目がねにかない、引き立てられて社長に就任したはずの玉井義一《たまいよしかず》とが、陰湿な暗闘を展開していた。

その石橋会長派の青年将校——

社内で森田はそう見られていた。ただそうは言っても技術屋の平取に過ぎなかったから、石橋会長に直結した腹心というわけではない。

楠本と形山も含めて、技術部門の幹部は玉井のつぎの社長候補の筆頭と見られている、城野専務につながっていた。つまりこれからコースを回ろうという三人の技術幹部は、石橋会長腹心の城野専務系……だったのである。

とはいっても社内にはまだ、明確な意味での反会長派、つまり玉井社長派があるわけではなかった。

玉井社長自身、かつては石橋会長派の筆頭番頭だった。十六年間もアゲハ化学の社長をつとめ、その後会長になってからも、がっちりと代表権を握り、玉井社長に人事権を渡そうとしない石橋会長に、まともな形では対抗などできる道理がなかったのである。

それでも玉井を支持する取締役が何人かはいたが、公然と玉井派を名乗るところまではいっていなかった。

そういう情況での派閥抗争。

誰の眼にも勝敗ははっきりしていた。はっきりしているように見えた。しかしそれがそうではないところに、アゲハ化学の低落した業況の深刻さと、そこまで会社を駄目にした戦犯探しの複雑な背景があった。

問題の〈アゲスチン〉というのは、キノコの一種のサルノコシカケを原料とした、副作用のすくない制ガン剤として知られてきた。

一口にサルノコシカケといっても、それは担子菌類・ヒダナシタケ目のサルノコシカケ科と、キコブタケ科のなかの硬質・多年生キノコの総称であったが、〈アゲスチン〉はヒダナシタケ目多孔菌科の、カワラタケの培養菌から抽出したタンパク多糖体である。

難しく言うとこういうことになる。

この〈アゲスチン〉は、アゲハ化学の研究陣が開発して、販売を大手薬品会社が受け持ち、昭和五十二年から発売された。

発売と同時に、副作用がほとんどない制ガン剤として爆発的な人気が出て、翌昭和五十三年度には全社の売上高の増加分、約四百三十八億円のうちの四分の三に相当する、三百二十五億円がこの〈アゲスチン〉の売り上げだったくらいである。

医薬品は、単品で百億円以上の売り上げを記録すると、大ヒット商品ということになるが、〈アゲスチン〉は発売後たちまち百億円を突破し、さらに二百億、三百億と拡大していって、昭和五十六年以降は全薬剤中のトップの売り上げを誇る商品にまで成長。業界に〝お化け商品〟という羨望の声が上がったくらいだった。

〈アゲスチン〉が薬剤市場の売上高で、トップに立った昭和五十七年三月期のアゲハ化学は、売上高千三十八億円、経常利益が百十三億円を超えて、超優良企業へと成長したのである。

神風に助けられたようなこの成功で、アゲハ化学の経営陣は高い評価を受けた。

なかでも〈アゲスチン〉発売の二期前、昭和四十八年に社長に就任した石橋現会長は、強気で〈アゲスチン〉戦略を押し進め、アゲハ化学を高収益会社に変貌《へんぼう》させたとして、中興の祖と呼ばれる賞賛を受けた。〈アゲスチン〉イコール石橋だったのである。

もっとも〈アゲスチン〉がこのように長い期間にわたって、業界屈指の高収益商品たりえた背景には、〈アゲスチン〉の発売後、厚生省が制ガン剤にたいする認可基準を厳しくしたため、対抗薬品の開発が遅れ、他のメーカーからライバル商品が発売されなかったという幸運にも、恵まれていた。

しかし昭和六十年三月期をピークに、さすがの〈アゲスチン〉も売上高で漸減期を迎え、高収益会社だったアゲハ化学の陰りとなっていく。

それに追い討ちをかけたのが、昭和六十三年四月の厚生省の薬価基準の引き下げで〈アゲスチン〉の販売価格は三・三パーセントの引き下げになった。

すると競合薬品メーカー三社が、〈アゲスチン〉と同種同効のゾロ、つまり後発製品を売り出し、ついに制ガン剤の無競争時代に終止符が打たれたのだった。

こうしてピーク時には、単品で三百二十五億円もの売り上げを記録した〈アゲスチン〉を擁《よう》するアゲハ化学も、連続して大幅減益に見舞われ、平成二年の業績予想では経常利益で三十二パーセント減という、決定的な落ち込みとなった。

こうなるといままでがよかっただけに、経営陣への批判は避けられず、マスコミの風当たりが強まってくる。

それはまず社長の玉井義一に集中した。

公然たる退陣要求である。玉井ヤメロコールは石橋会長が保身をはかり、意図的にマスコミに書き立てさせたという側面もあったが、外部からの批判と最大の庇護《ひご》者、スポンサーの石橋に梯子を外されて、玉井の社長辞任は時間の問題とみられるようになった。

このとき突然玉井社長が居直ったのである。

もちろん石橋会長にとって、玉井の居直りは晴天の霹靂《へきれき》、自分の〝番頭社長〟ぐらいにしか玉井を評価していなかったからだった。

「そもそもアゲスチンに依存した、アゲハ化学のいまの経営体質は、石橋会長が社長として在任した十六年間に築かれたもので、あえて責任を問うとすれば、戦犯の筆頭は石橋会長である」

退陣しなければならないのは、石橋会長だと玉井は訴えたのである。

会長と社長の激突。

アゲハ化学首脳部の暗闘が、こうして幕を切って落とされたが、いくら玉井が石橋の責任を口にしても、現役社長が経営不振の最高責任者として、各方面の指弾を浴びるのは当然の成り行きだった。

そういうとき、ここでとんでもないことが飛び出した。

なんと〈アゲスチン〉はそれ単独ではガンに効かない――。かつて考えたこともない薬効の否定という致命的な爆弾が、薬事審議会から投げこまれたのである。

唯一の副作用のない制ガン剤といわれて、売れに売れた期間が長かった高収益薬。その〈アゲスチン〉が単独ではガンに効かないことがわかった。ウドン粉やハミガキ粉と変わりがなかったと発表されたのである。これで玉井の社長としての首は、明年六月の株式総会を待たずに、明日にでも切って落とされると誰もが思った。

ところがそうはならなかった。

完全な死に体のはずの玉井社長が、薬事審のこの発表で生き返ってしまう――

考えられないその原因は、〈アゲスチン〉の成功で経営者としての名声をあげ、アゲハ化学に絶対的なワンマン体制を築いた石橋会長の、その薬効のない薬との深く密接なかかわりにあった。

効かない薬を売りまくってきたのは誰かというのだった。社会的な意味では詐欺的な商法、犯罪行為ともいえた。

元凶は会長の石橋ではないか……と。

いまになって、効かない薬とは思わなかったなどという言い訳は通用しない。効くか効かないかわからないで、そんな薬を毎年三百億円も四百億円も、それも死が半ば確定されているガン患者の懐から巻き上げるようにして、売りまくってきたのかということになりかねない。

一転して批判の矢面に立たされた石橋は、その持っていき場のない怒りを内部に向けて爆発させた。

「うちの技術幹部は一体なにをしているんだ。薬事審の審査結果ぐらい、事前に察知しろ。

なに一つ手が打てないようで取締役、つまり貴様らは経営者といえるのか!」

石橋は月一回の取締役会で怒鳴り立てた。

石橋のその怒りで、責任のふり替えが会社の技術幹部に向けられたため、担当専務の城野は暗闇《くらやみ》でいきなり殴りつけられたような苦境に、追いこまれてしまった。

「薬事審の薬効再評価の件は、すべて技術開発部に調査を任せておりました。うまくいっているものと思っていたのです」

苦しまぎれの城野の言い訳。

城野はアゲハ化学の次期社長候補の筆頭……なのである。明春の株主総会で玉井が辞任に追いこまれたら、社長の椅子が一気に転げこむと、つい数日前までは思っていた。それが次期社長の座どころではなく、社内の立場が奪われかけている。

口から出まかせだろうがなんだろうが、そんなことにかまっていられなかった。で、トコロテン式に上から押し下げられて、こんどは技術開発部長である森田の立場が、おかしなものになってしまった。

森田がゴルフを口実に、会社の仕事が終わった金曜日の夜の列車で、いわき市へ下った理由は、楠本、形山という〝技術幹部〟と、これからの対応を話し合うためだった。石橋会長が〝技術幹部〟の無能を非難していたから、森田一人ではなく楠本と形山にも、火の粉が降りかかる恐れがあった。

　時間がきて三人は西コースのスタートティグランドに並んだ。オナーを引き当てた森田が、十数万円したという自慢のメタルのドライバーを振り下ろした。

　クラブハウスでずっとお茶を飲んでいて、練習もなにもしていなかったせいで大ダフリ。ボールはやっとティグランドを転げ落ちていったが、森田はバランスを崩してティグランドに尻餅《しりもち》をついてしまった。

「おやおや」

　楠本が笑った。

「まさか、あれ……ですか」

　形山がウインクをするように聞いた。

「え？」

「迎えにいった宿には、布団をかぶって若い女性がいましたからね。森田重役もなかなかやるなと、見直していたんです」

「違う違う。そんなんじゃない」

　立ち上がって森田はむきになって否定した。

「腰が軽くなり過ぎちゃったのかと思いましてね」

形山はかまわず森田に笑った。

三

日曜日の明日もまた三人で回ることになっていたから、プレーを終えた三時過ぎに森田が泊まっている宿で、三人は温泉につかってビールを飲んだ。

話題は石橋会長はこれからどうするつもりか。玉井社長も気心の知れた取締役を集めて、めしを食べたりして派閥づくりをはじめていること。それよりなにより城野専務を放っておいていいのかどうかという、トップの抗争のあおりを食った戸惑いばかりだった。

明日もまた朝は形山が車で迎えにくることになって、七時を回ってから二人が帰っていった。

「今朝びっくりしちゃった」

おどけた口調で短い首をすくめ、帰った楠本と形山と入れ違いに、宿の浴衣《ゆかた》姿の咲子が弾むように部屋に入ってきた。

「どこにいたんだ」

同じ浴衣でテーブルに座っていた森田は、可哀相《かわいそう》にという感じで言って、湯上がりの上気した咲子の赤い頰《ほお》を見上げて、ちょっと表情を崩した。

「お帳場でお腹すいたからご飯を食べさせてもらって、温泉も入ってきちゃったわ」

咲子はいたずらっぽく言った。

今朝は森田を迎えにきた形山が、いきなり部屋に入ってきたのである。森田は着替えもそれに朝食もすませ、テーブルで新聞を広げていたが、咲子は部屋の隅に寄せた布団の中で、ぐずぐずしていた。そこへ形山が入ってきたのだった。

新聞を読んでいた森田は、この不意の闖入《ちんにゅう》者にさほど驚かなかった。すでに服も着ていたし、あわてなければならないようなことは、なにもしていなかったからである。

昨日、列車が湯本に着く前に、咲子が約束通りグリーン車へ森田を迎えにきて、「やっぱり部長さんの宿に泊めてもらうわ」と言った。森田は当然そうすべきだと思っていたから、すこし安くしてくれるようにと宿泊代の交渉までしてやった。

会社の若い女子社員が、夜の温泉街を一人でうろつくのはよくないと思ったからで、上野駅のホームで咲子が言ったような、ヘンなこと……は考えていなかった。

だから並べて敷いた布団へ入るとき、「部長さんなにかする?」と聞いた咲子に、森田はなにもしないよと答えた。

「安心して寝なさい」

「信用するわ」

宥《なだ》める森田の口調に咲子も素直にうなずいた。それで森田は形山を見てもあわてなかったが、踏みこんだ形山の方がびっくりした。一瞬咲子も頭から布団をかぶってしまった。

それはそれでよかったなと森田は思った。形山と咲子が面と向かって顔を見合わせても、咲子が本社厚生課の女子社員だとは、形山にはわからないだろうと思えた。

わからないはずだったが、顔を隠した方がなおいいからである。

「わたしもビール飲みたいわ」

咲子はテーブルに横座りに、足を投げ出して言った。

「しかし食事はすんだんだろう」

「お帳場でアルコールまでは飲みたいって言えなかったの。それにさ、昨夜も飲まなかったし、いいでしょ」

「そりゃかまわないさ」

「日本酒もいい？」

丸い顔を傾ける咲子に、森田は中年男の余裕を感じさせるように笑った。咲子の浴衣の襟許《えりもと》がちょっと緩んで、短い襟足の白さが気になったが、昨夜も森田は布団へ入るとすぐに寝ついてしまったくらいである。意識するにしては、昨夜の咲子はあまりにも色気がなさ過ぎたということもある。

新しいグラスと盃、ビールと日本酒が運ばれてきた。

「お布団は昨夜と同じでいいですか」

宿の女子従業員が念を押して出ていった。

「今日は一日、どこへ行ってたの」

「リゾート・ハワイアンズ、面白かったわよ」

「どんなふうになっているのかね」

森田は咲子のグラスにビールを注いでやりながら聞いた。

「明日も行くわ。ネェ部長さん」

咲子はグラスを一息で空けて、含むような笑う眼で森田を見上げた。

「昨夜さ、スウスウって寝ちゃったでしょ。どうしてなの」

額の広い森田に視線を止めて、咲子がつづけて言った。

「どうしてって?……」

「わたしはさ、部長さんのいびきでいつまでも寝れなかったわ」

「そうかね。いびきをかくかね」

「自分のことはわからないのよ」

雰囲気的に水商売女のような言い方だったから、酒はもうすんだはずの森田も、盃を取って手酌で口許に運んだ。

「わたしもお酒がいい」

「だいじょうぶか」

「平気よ。それよりわたしってだめなのかしらね」

予感としてはからまれそうな雰囲気だったから、森田は返事をしなかった。

「女として魅力がないの？」

咲子が顔を近づけて確かめた。

「どうして」

「だって一緒の部屋で、男と女がお布団並べて寝てたのよ」

「こっちはね、君にいやらしい中年男って思われたくなかったからさ。石井君は魅力的な女性だよ」

思いやりのある五十歳に近い年齢の男としては、この際咲子を傷つけるような言い方は、なにがあってもしてはならないんだと森田は思った。

「本当は背が低くて太っているって思ってるはずよ」

「太ってるかね」

真顔で首をひねってみせた。

「そうよ」

お銚子《ちょうし》を摑んで咲子はぐいぐいと盃を空けながら言った。

「しかしぼくは瘦《や》せた女性より、ポッチャリした人の方が、心が温かそうで好きだよ」

「上野駅で会った奥さん、瘦せてたじゃないの」

「だから余計にマシュマロのような、ふんわりした女性にあこがれてるんだ」

「上手ね」

「そうかな。ぼくは技術屋ですべてに不器用だよ」

「じゃ、たとえばわたしでもそう思う？」

「なにが？」

「温かそうかしら」

咲子は聞き返して自分の盃と、それから森田の盃も満たした。森田は答える代わりに酒をゆっくりと飲み干す。咲子の方は盃を乱暴に空け、森田を覗《のぞ》きこむようにしてからすっと立ち上がった。トイレかなと思ったが、立った咲子は森田から眼を離さない。

「どうした」

顎《あご》を上げて森田が聞く。

酔うというほどは飲んでいないはずの咲子が、白い歯を見せて笑う。

「見たい？」

「え」

「男の人は見たいんでしょ。女の裸」

「裸って……」

「いいわよ。部長さん優しいから」

咲子は笑顔のまま、ピンクの伊達締《だてじ》めに手をかけ、結び目を軽く引いた。浴衣の前がスローモーションカメラのフィルムのようにはらりと緩む。さらに腰に二重に巻いていた伊達締めを全部抜くと、咲子の肌が、座った森田の視覚ではちょうど鼻の先に下腹部……がもろに開いた。

あっと思ったのは、どことなくとらえどころのない咲子だったから、浴衣の下に花柄のパンティかなにか、そういう色彩がこぼれるだろうなという予想とはまったく逆で、むき出しな女の艶《つや》のある白い肌が、森田の眼前に漂っていたからである。

一筋の翳《かげ》りが薄い。

「おい石井君」

森田はやっと咲子の名前を呼んだ。

楠本と形山が部屋にいる間に、帳場で食事をして温泉にも入ってきたといっていた咲子は、温泉を上がったとき下着を着けずに、浴衣だけ着て出てきたものに違いなかった。

部屋は蛍光灯が明るかった。

生々しい女の翳りの部分を眼前にしていて、森田は息苦しさにすこしずつ視線を上げた。するとと腹部からさらにその上。ふっくらとした隆起が二つ並んでいた。

飲みこむ唾《つば》が喉《のど》に引っかかった。

「知ってる、部長さん」

「な、なにを」

鼻先でさらに肌をちらつかせる咲子に、森田は上がり気味だった。

「天使のえくぼって」

「いや……」

「部長さんなにも知らないのね。奥さん教えてくれなかったの」

「しかし天使のえくぼなんて、聞いたことないからな」

森田はどぎまぎしながら言う。なにしろ座ったままの森田の目の前には、浴衣の前をはだけた二十三歳の女の丸い肌が、壁のように立っているのだった。もし同じ席に楠本か形山の一人でも残っていてくれたら、森田も男の度胸がついたかも知れない。

しかしそうだったら咲子は、肌を見せたりはしてくれなかったに違いなかった。

「いい。ほらここ。ここんとこの窪みのことを言うの」

咲子は肩から浴衣を滑り落とした。

「お、おい」

「ほらここよ。見なさいよ」

咲子は森田の鼻先に、すべてを脱ぎ捨てた太腿を押しつけるようにして、大臀筋《だいでんきん》の窪《くぼ》み、骨盤と大腿骨《だいたいこつ》をつなぐ関節窩《かんせつか》を指しながら言った。

「キュッと窪むでしょ」

「…………」

「キスしてみて」

「え」

「チュッって。天使のえくぼにキスをされるとね、女はその男の人を許すんだって。わたしも聞いた話なんだけど」

「許すって？」

「許すのよ。わかってるくせに」

頭の上からよく透る咲子の声を浴びせられて、これからなにが起きるのか、許されるにしてもなにもわかっていないぞと、総体にちょっと多目の脂肪がついている分だけ、余計に肌の白さがまぶしい咲子を見上げて、森田はつぶやいた。

四

翌朝も同じように、いわき工場の形山副工場長が車で迎えにきたが、昨日のことがあったから、形山は宿の玄関前で森田が降りてくるのを待っていた。

「上がってきてくれればよかったのに」

旅行用のバッグを下げて、森田は宿の者に見送られて形山の車に乗りこむなり、さり気なく言った。

「帰りはどういうことになりますか」

「え、もちろん切符はぼく一人分さ」

「じゃいいんですね」

「あまり気を回さないでよ。先方も自分の分の宿泊代は自分で払っているくらいなんだから」

「どうして」

ハンドルを握った形山が眉《まゆ》を寄せて聞いた。

「もともと別々だったから」

短い森田の返事に、形山もそれ以上は咲子について聞かなかった。

車は湯本から昨日回ったゴルフコースへ向けて、朝の陽の中を直線に進んだ。晩秋のこの時期の取り柄の一つは、比較的晴天がつづくということ。特にゴルフには風のない晴天が絶好であった。

「たしか……」

湯本を抜けて形山が再び話しかけた。

「うん」

「結核の丸田ワクチン。あの免疫療法剤の承認がストップしたのは、昭和五十四年の薬事法改正のためでしたね」

「そう。新薬にたいする認定基準が高められた。それがアゲスチンには有利に働いて、ゾロが出現しなかったけど」

「そのときの改正で、六年後とか五年毎の再審査、再評価が義務づけられたんですか」

「制ガン剤に限っていうと、それまでガンの縮小効果二十五パーセントが、昭和六十一年からは五十パーセント以上、四週間持続に改められ、昭和六十三年二月から個々の審査に入ったんだ」

「うちはしかし昭和五十九年の再評価実行の動きを受けて、東京のガン専門病院内科部長と、東北の国立大学付属病院の病院長に、臨床試験の依頼をしましたね」

「ぼくが取締役になって本社へ移る前のことだからね」

「いえ、だから、こんどの問題については城野専務が一貫してかかわってこられた。わが社の技術幹部……なんていう言い方で、森田さんやわれわれにまで責任をふり替えられちゃたまりません。そうでしょう」

「なによりも一番はっきりしていることは、ぼくは一言も専務から、薬事審の審査経過をフォローして、問題がありそうだったら対策を立てろなんて、言われていないということさ」

「城野専務は、問題なんかなにも起きないと思っていた？」

「そうだろうね」

「根拠はあったんですか」

「あったらしい。臨床試験を依頼した一人の、国立大学の付属病院長が、アゲスチンには別の抗ガン剤との併用で、延命効果があったという論文を発表してくれたんだな。別な抗ガン剤との併用という、これが問題だったが、延命効果ありという方にばかり気がいって、安心してしまったんだろうね」

「それはぼくも聞きました。森田さんは、で、明日からどうしますか」

ハンドルを握ったまま、形山は助手席へ首をねじって聞いた。昨日もクラブハウスや湯本の宿でいろいろと話し合った。話し合いはしたが、で、具体的にこれからどうするかという、そのために森田は二日間もゴルフをしに、いわき市まで出てきた一番かんじんなことにまでは、話が進まなかった。

どうしたらいいのか――

争っているのはワンマン会長と、なにがあって急にどうして最大の実力者である会長に、正面から歯向かう気になったのかいぜん謎の、アゲハ化学社長玉井義一。そこへもう一枚次期社長の本命、城野専務だった。

森田がなにをどうしたところで、それでなにかが変わることなど期待できない。楠本も形山も、さらに言えば相談にやってきた当の森田自身にしても、見通しなどなにもなかった。

だから昨日はあえてそのことに触れなかったともいえた。しかし触れないわけにはいかない。なにかをするのではなく、なにもしないならしないで、技術部門の幹部たちに森田の意見をはっきりさせる必要があった。

「今朝から考えていることなんだけど」

森田は匂ってきた磯の香りに顔を起こし、一言ずつ落ち着いた口調で切り出した。

「なんですか」

「玉井社長ね。急になにがあったのかなって。突然会長に逆らいはじめたわけだから」

「なにかあったんですか」

「あったんじゃないだろうか。あるいは内面の大きな変化が。きっかけがなんであったかはわからないけどね」

「銀行と手を組んだんですかね」

「石橋会長をいい加減に追い払うために？」

「ええ」

「逆らったときは、露骨なくらい負けがはっきりしていたんだ。そういう相手にたいして銀行が肩入れなんかするわけがないさ」

「それじゃ三年前、石橋会長に追放された、青柳《あおやぎ》元副社長でしょうか」

「もともとライバルで、玉井社長は青柳さんに勝って、敗けた青柳さんがアゲハプラスチックへ飛ばされちゃった。そういう相手に、玉井社長がバックアップを頼むわけがないさ」

「じゃなんでしょう」

「なんだろう」

掛け合いのように言って、二人は吐息交じりの顔を見合わせた。

誰がというよりも、なにが玉井社長を突き動かしたのか。石橋会長から責任を問われたとき、突然不服従をはっきりさせたのである。その心境の急変の背後には、なにかあったはずだと森田は思った。しかしそう気付いたのはついさっき、今朝のことだった。

形山にははっきりと言えない玉井社長の俄《にわ》かな叛逆の原因が、漠然とだったが森田にわかりかけてきた。

森田の場合は咲子である。

天使のえくぼにキスさせられてからの経過は、この旅行で、なにかあってもらいたいくらいだと言っていた咲子の、一方的なペースであった。咲子は「天使のえくぼにキスをしてもらったんだから、すべて許すのよ」と、改めて一緒に温泉に入り、同じ布団で寝ることになった。

二十三歳の娘の肌は、温泉から上がった後でもあったから、いつまでも温かだった。

「胸を吸ってもいいわ」

咲子は森田の手を自分の下腹部へ誘いこんだ。潤いが溢《あふ》れていて流れるくらいで、濡《ぬ》れている女性自身に触れたのは十数年ぶり、つまり十数年前に妻の泉は枯渇してしまっていた。それだけに感激だった。

森田の前戯に咲子は十分反応した。声には浪のようなうねりがあった。

「中出しはだめよ」

「なに？」

「だって、きまってるでしょ」

なにを言われたのか森田にはわからなかった。しかしすべて許された……はずだった。

咲子も体を開いている。だがなぜなのか森田の部分は勃起しない。

女性と肌を合わせ、柔らかい乳房に唇をつけ、下腹部の奥の湿原を愛撫し、もうそのときは十二分に勃起していなければならないはずだった。結婚してからの対象は妻だけだったが、いままではなにも考える必要もなく、体が自然にそうなっていた。

森田の体験としては、学生時代に二、三度、興奮しすぎていたり、あせり過ぎで、そうならなかったことがあった。

それだけにあわてた。

どうしてだろうかと思った。森田の子どもは男が二人だけだったが、相手は明らかに娘といってもいい年齢である。そのことへのこだわりと抑止の本能からのものとも思えた。

あわてても、いくら原因を考えてもそれで俄《にわ》かに回復するというものではない。

朝方になってかすかに動兆を感じて挑んだが、ほんの真似事程度にしかできず、外へ洩《も》らしてしまったくらいだった。このとき中出しはだめと言った咲子の言葉の意味が、やっとわかった。

外へ放射しろということ。

まさに外……へしてしまった。

「だいじょうぶ?」

顔をそむけて咲子が聞いた。

「え、なにが」

「いつもだめなの」

「ばかな。そんなことがあるもんか」

次回は、つぎはきちんと果たしてみせると、森田は自分自身に言った。といって咲子が次回、つぎにも同じように許してくれると、約束したわけではなかった。

約束はなにもしてもらえなかったが、つぎにチャンスがあったら、そのときこそ正常に達しなければならない。ただそうはいっても男の心理は複雑だったから、自由自在になってくれるかどうか、これぱかりはその場にのぞんでみないことには、なんとも確かなことはいえないはずであった。

そう思い直して恐ろしく不安になった。

間違いない確かな状況を布石しておくには、一体どうしたらいいのか。根本的には森田の意識の問題のはずだったから、気持が落ちこんでいたら絶対にだめ。

いま森田は、専務の城野にアゲスチン壊滅の危機の責任を転嫁されて、有無をいわさず押し潰《つぶ》されようとしていたが、こんな気分のままではいけないんだと思った。男は闘いを決意しないかぎり、すべての男の機能が錆《さ》びついてしまう。闘いの衝動に突き動かされて、男は生物的にもすべての点で雄になり得る——

そういうものであるはずだった。

森田はそこまで考えて、脈絡もなしに社長の玉井の整ったマスクを思い浮かべた。

玉井にもきっと闘いの衝動をそそられるようななにかがあって、衆目の〝勝てるわけがない〟という一致した見方にあえて逆らい、石橋会長相手に、体当たりで叛旗《はんき》をひるがえした。すると思いがけない順風、神風が吹いて立場が逆転しかけている——

戦ってみないことには、順風も神風も期待できない。

「東京に帰ったら思いきってはっきりさせるつもりだよ」

森田は数呼吸置いてから、形山にというよりもいま、闘わなければならない切迫した事情を持っている自分自身に、しっかりとした口調で言った。

「はっきりさせると言うと？」

「城野専務にも言う。あなたの責任じゃないかって。玉井社長にも会うよ」

「え、玉井社長に。そんなことをしたら裏切りだって言って石橋会長が怒りますよ」

われわれは城野専務経由の、石橋会長派の者ではないのかという、形山の口調だった。

「会長だって今は危ないはずだよ」

森田は言いながら形山に眼を向けた。

五

男の生物的な本能を一気に活性化させるためには、むき出しな闘争心を煮えたぎらせることだった。そこまでしてなにがなんでも達しなければならないほど、咲子が森田にとって貴重な存在かどうかという点では、迷いなく割り切っているとは言い切れなかった。

湯本の温泉宿で、不如意な状況をいつもそうなのかと咲子に聞かれて、男として森田は恥ずかしい思いをした。

だがそういう現象は年齢とは無関係に、男なら誰にもあることであり、知らん顔をして経過してしまうこともできる。

二度と咲子と寝なければいい――

すべてを賭けて執着する相手とは思えなかったから、本当はそうすべきだった。

しかし煮えたぎらせる男の闘争心には、玉井社長がそのために一気に生き返ったように、考えられないくらいの報酬がもたらされることもあった。それよりもなによりも森田にはなにも過失がないのだったから、誤解を解くことも必要だし、そのための闘いには十分な価値があった。

湯本から帰って、月曜日の朝出社すると、階段の二階の曲り角で、咲子が笑顔で森田を待っていた。

「お早うございます。部長さん日曜日の帰り、常磐線混んだでしょ」

「え、ああ。しかしグリーン車はね」

「あらそうだった。わたしたちの方は通路まで一杯だったわ。でも指定券があったからわたしは座れたけど」

咲子は体を半分横向きに、森田の方へ顔を向けながら一緒に階段を上った。朝の出社時間に階段を上る者などいなかったから、二人だけの密室のような気分である。

「近いうちにまた会いたいね」

男は、一応は自分の方から誘うべきだと、森田はそう思って言った。

「いつ。ネ、いつにする」

咲子が体を密着させてきた。

「近いうち。連絡するよ」

「本当ね」

念を押し表情を緩めた咲子は、ミニスカートの中ではち切れそうな丸いお尻を、くりっくりっと躍動させ、森田を追い抜いて駆け上がっていった。

——やはり
この場面の愉しみだけにしておいた方が、よかったのかなと森田は、咲子のお尻を見送りながら思った。

その日、城野専務が面会を求めた森田に、二、三十分ならと秘書課を通して言ってきたのは、退社時間を過ぎた五時半であった。あの取締役会での責任転嫁以降、心中の疚《やま》しさのせいか、城野は森田を避けるような気配を見せていた。

「折り入って話があるって、なんのことだい」

森田より一回り上、六十歳に近く、だがハンサムな長身の城野は、いかにも仕事が残っていて忙しいと言わんばかりに、机の書類に眼を通しながら言った。

「この間の取締役会でのお話です。うちの技術幹部はなにをしていたのかという石橋会長の叱責《しっせき》に、専務は調査は技術開発部に委《まか》せていたからと発言されましたが、なにかの思い違いではないでしょうか」

はじめは穏やかに、不必要に城野を刺激しないように言った。

「思い違い？」

「はあ」

「君が言っているのは薬事審の問題に関係したことかね」

「もちろんです。会長がおっしゃられた技術幹部という、当然その範疇《はんちゅう》に入ると思われる人達は、専務の発言を責任転嫁じゃないかと言っているくらいです」

とぼけようとする姿勢が見え見えだっただけに、森田はちょっと語調を強めた。

「君がそう思っているというだけだろう」

「もちろんわたしもそう感じています」

「ほかの人のせいにしない方がいいよ」

――闘え
城野のその言葉に森田は肚《はら》で叫んだ。

「専務。言い逃れはやめて下さい。薬事審の問題は昭和六十三年までタッチしたが、それ以降は森田に引き継ぎをしたと、はっきり言われた。否定なさるんですか」

森田は唇をとがらせて迫った。

背が高いだけではなく髪も白く、それに整ったマスクをしていたから、女子社員たちから貴公子などと言われている城野である。石橋会長が城野を玉井のつぎの社長候補に据えたのは、玉井もやはり立派な顔立ちだったが、男の容貌《ようぼう》にたいする石橋の好みによるものと思えた。

その点で言うと額が広くギョロ眼の森田は、貴公子……とはほど遠かったから、永遠に社長候補になど擬せられそうにない。

しかしタイプから言って、貴公子などと呼ばれる男は、ほとんど気弱であった。

城野も気が弱い。

「否定するかって、しかし引き継ぎをしたのは確かだから……」

城野は眼を伏せて言った。

「なんですって！」

「大きな声を出すなよ。ぼくに言われたことを忘れているんだよ君が」

「そんな重要な指示を、忘れるわけがありません」

「いや忘れたのさ」

水掛け論というより、子どもの喧嘩《けんか》であった。

「わたしは専務の人間性を信じて話をしているつもりです」

「君がぼくの人間性をどう思おうと勝手さ」

「それでは勝手にやらせてもらってもいいんですか」

「勝手にやれなんて言っていないよ。君はぼくを脅すのか」

「事実のないことで責任を問われて、黙っているわけにはいきません」

「それじゃ会長か社長に直訴《じきそ》しようっていうんだな」

「代表権を持っているのは会長と社長ですからね」

森田としてももうここまで言ってしまったら、後戻りはできなかった。しかし後戻りのできない断崖《だんがい》を背にしたとき、人間は本物の闘いを実感できるはずである。

「そうか、じゃ好きにしたらいい」

「事実は違うと直訴してもいいんですね」

「もう手遅れだけどね」

浴びせるように言って、城野はツンと顔をそむけた。

「いえ。やるだけやらせて頂きます」

「じゃその前に、アゲハプラスチックの青柳社長に電話をしてみたらどう」

「は？」

「ダイヤルしてやろうか」

玉井と後継社長を争い、敗れてというより石橋に切って捨てられて、アゲハ化学の鬼界ヶ島、流刑場といわれる系列会社のアゲハプラスチックへ飛ばされた青柳元副社長。玉井の叛乱には青柳の後押しがあるのではないかと形山が考えたくらいの、剛腕の経営者であった。

青柳がアゲハプラスチックの社長になってからは、数十億円あった累積赤字が半分に減っていた。

「青柳さんは関係ありません」

「それがあるんだよ」

「どうしてですか」

森田が聞き返すと同時に、城野がダイヤルした電話が通じて、すぐに青柳に代わる。城野は二言三言挨拶《あいさつ》の言葉を並べてから「技術開発部の森田君がいまここにいるんですが、青柳社長からちょっと話をしてやって頂けますか」と、丁重に言った。

〝もう手遅れ。

青柳に電話をしてみろ。

ここに森田がいるから話をしてやって頂きたい――〟

城野の言葉である。

森田が呆然《ぼうぜん》としている間に、受話器を握らされた。

「森田君か。うん。なにも言うことはないと思うがどうだ」

数年ぶりの青柳の声である。

「なにがあったのでしょうか」

それでも気を取り直して森田が聞いた。

「手打ちができてしまったということ」

「会長と社長の……ですか」

「斬《き》りあいは両方に損。玉井社長はあと二期で身を引き、後任は城野君ということになった。もういまからは、なにがあろうと城野君に傷はつけられない。しかし誰かが首を差し出さなければ、アゲスチンを売りまくってきた責任の始末がつかなくなるからな」

「まさか。じゃそれでぼくが首を取られるんですか」

「一週間前に決まったらしいね。こうなったらなにを言ってもはじまらないんだから、うちへ来たまえ。鬼界ヶ島もちょっとは住みよくなってきているからな」

「………」

「わかったか。わからなくてもいい。わかってしまえ」

青柳は乱暴に言った。森田は力なく受話器を返して、永遠に、これで不能から立ち直れなくなるのかもしれないと思った。

ゆきずりの女

ルックスを絞ったベッドルームの照明が、檜《ひのき》の柾目《まさめ》を擬《ぎ》した合板ものの裏板を、やわらかい感じで映《うつ》していた。

一

やめさせちゃったら終わりだな——

エアコンが利《き》いていたから、濃紺のトランクス一枚の友川啓之《ともかわひろゆき》は、筋肉質な上半身をむき出しに、頭の下に腕を押しこみ、ベッドの白いシーツに体を横たえながら、天井を見つめてつぶやいた。

さまざまな思いが、頭の中で激しい葛藤《かっとう》をつづけていた。

あれもこれもと考える。自分の立場と地位を守るにはどうしたらいいか。しかし三千億円であり四千億円であって、全部合わせたら九千億円ではないかという数字も出ていた。

安原《やすはら》銀行はなにを考えているのか——

「いいか。ぼくはネ、社長をやめないよ。だってぼくがやめたら谷島《たにしま》の一族に、社長のできる男子はいないんだ」

社長になって五年目、四十三歳の若い谷島光彦《みつひこ》はのん気なことを言っていた。

しかしその一言が友川にとって、唯一の頼みの綱であることも確かだった。

なおも頭の中には大きな渦《うず》や飛沫《しぶき》が嚙《か》みあっている。そのとき友川は天井の裏板の隅《すみ》にうごめく、小さな虫の影を見つけた。一瞬友川は蠅《はえ》か……と思ったが、翅《はね》を広げた虫は体型がちょっと細長い。羽アリなのかあるいはヒメハナバチかなにかの一種か、最近視力の衰えを感じはじめた友川には、距離があってよくわからなかった。

それにしても時期はずれであることだけは間違いない。

羽アリにしろ、ヒメハナバチの一種にしても、成虫が姿を見せるのは早くても五月頃であり、自然な形としては夏の終わりとともに、姿を消していくはずだった。

しかし、いまはやっと春分の日が過ぎ、三月二十二日である。

よく晴れて、肌に触れる生暖かい風に春の匂いが塗りこめられていたような、昨日、春分の日とは打って変わり、その日は午前中から降りだした雨に気温も下がって、エアコンが入っている屋内はともかく、戸外ではまだコートが手放せない感じであった。

最近の東京では、花から野菜、果物に至るまで、季節感が喪《うしな》われていたし、それはあるいは昆虫類の生態系にまで及んでいるのかもしれなかった。

視界の点のような黒くうごめくものは、いまにも力尽きて落下しようとする体を、天井にしがみつき懸命に支えているように見えた。天井にしがみつくというより、消えようとする生命へ縋《すが》りつく姿勢と見えなくもない。昨年の秋から部屋の隅で越冬し、なんとか冬は乗り切ったものの、最後の生きのびる限界に全精力を集中している。

――いまの、……。

自分の姿とどこか共通しているようで、友川は小さな虫に奇妙な哀れさを覚えた。

「ベッドに入ってくれていたの」

バスルームのシャワーの音が止《や》んで、簡単な顔の手入れをすませた馨《かおる》が、花柄をあしらったローズカラーのバスタオルを体に巻きつけ、小さなえくぼのある笑顔でベッドルームへ入ってきた。

ドアの把手《とって》を握ったまま立ち止まり、片手で長い髪をわざとらしく払い上げた。

笑いながらのポーズである。

「バスタオルを取れよ」

友川がいつもの調子で言った。

「だめよ」

「思わせぶりな恰好《かっこう》をしてみせるんなら、そっくり裸を見せてもらいたいな」

言った。

「そんなのムードない」

シャワーを浴びた後の艶《つや》のある上気した頬に、だが馨は漂《ただよ》うような笑いを絶やさないで言った。

「だけど結局は裸になるんだから」

「なにごともプロセスには愛がなければ、相手を許すことができないのよ」

「女は極楽だよ。愛だなんてとんでもない国の夢物語を、いきなり切り出したりするんだからな」

「いやよ」

顎《あご》をせり上げた友川に、不意に馨が険《けわ》しく言った。

「なに？」

「オレはやりたいだけだって、そういう言い方はもうしない、って約束したはずよ。友さんいまそう言おうとしたでしょ」

「けどな。確かだから」

骨張った浅黒い顔の友川は、よく社長の光彦から「曲者《くせもの》を感じさせる」といわれる精悍《せいかん》な眼で、バスタオルに包まれた馨の胸のふくらみを、射抜くように見つめて言った。

セミダブル一つで一杯という狭いベッドルームと、ダイニングキッチンのほかはバスとベランダ。馨の部屋は青梅《おうめ》街道に沿った関町《せきまち》の、1DKマンションであった。三鷹《みたか》駅から歩いて十七、八分もかかる。室《へや》は狭いし駅からも遠かったが、唯一の取り柄《え》は家賃九万円で管理費なし、ということ。

六本木《ろっぽんぎ》座研究所所属で、テレビにも端役で何度か出ていたから、沢本《さわもと》馨は一応〝女優〟ということになっていた。

女優……と聞くと、どうしても華《はな》やかさを先に想像してしまうだけに、すくなくともこの安マンションは、女優のイメージにそぐわなかった。馨にしてもできることなら、ソファーぐらいは置けるリビングルームがあればと、思わないではない。

だがかつては、新劇と呼ばれた劇団所属の馨の収入では、九万円の家賃もけっして楽ではなかった。

「あと五日だな」

友川が口調を変えて言った。

「なにが？」

「三月もあと五日しかない」

馨が「あら」と言ったが、友川はそれ以上は説明しなかった。平成三年の三月は、明日の二十三日が土曜日、つぎが日曜日で、三十日と三十一日がやはり土、日だった。だから会社が機能するのは来週の月曜日から金曜日までの五日間しかなかった。

この五日間で何ができるというのか。

実際はもう、大勢が決まっていると言ってよかった。安原銀行は友川の処置についても、容赦《ようしゃ》しないはずだった。

馨がそれでもベッドの端へきて、友川の体に毛布をかけてから、中腰になって胸からバスタオルを滑《すべ》り落とし、友川の隣へ裸の体を押しこんできた。友川は馨の首の下へ左腕を差しこみ、利き腕の右手で馨のよく締まったなめらかな肌を抱えこんだ。馨はそんな友川の腕の中ですこし顎を上げる。

無言で顔を密着させた友川は、馨の舌に乾いた自分の舌を押し当ててからませた。

「ウ……ッ」

むせるように馨が息を詰めた。

——やっぱり
三十過ぎなんだろうなと、普段は二十六よと言っている馨の年齢を、友川は胸で測《はか》った。

その友川は昭和二十年生まれ。谷島光彦社長と同じ慶応《けいおう》大学の出身だったが、光彦の三年先輩。

社長室企画部長という、なんとなく曖昧《あいまい》な肩書を持っていた。

昨年末、酒席の勢いで友川が「いつ取締役にしてくれますか」と光彦に聞くと、「一流会社で四十六歳の部長なら、肩書に文句はないだろう」と言われたことがある。しかし社長とそういう会話ができるということに、友川の谷島建設社内での立場の特殊性があった。

「なにを考えているの？」

いつもと違って、キスや愛撫にもう一つ集中できない感じの友川に、馨が心配そうに顔を見上げた。

「うん……」

「会社が大変なことはわかるけど」

「債務保証だとか、買いまくった不動産の代金や塩漬《しおづ》けの株とか、そういうのの借金の合計が九千億円くらいらしいって。九千億円なんて金を、あのボンボン社長が本当に借りちゃったんだからな、呆《あき》れちゃうよ」

「社長さんはお若いから……」

「ところでおれたちだけど、そろそろ別れようじゃないか」

友川は馨の言葉を無視して、唐突な口調で言った。

「え、なに言ってるの」

「社長の取り巻きのなかに、愛人まで持ってる奴がいるなんて、社内でこっちは悪口を言われている」

「わたし愛人なんかじゃないでしょ」

馨は友川の胸を突くように、体を離して強く言った。

「恋人だよ。面と向かって直接聞かれたら、恋人ですって堂々と答えるけど、陰で言われるんだからどうにもならないさ」

「だからそろそろ別れようっていうの」

「いま馨が言ったように、会社が大変なんだ。本格的な戦犯探しがはじまるし。光彦社長の側近ということで、こっちは真先に会社を追い出されるかもしれない。浪人になっちゃってから、みじめったらしく馨と別れたくないからな」

不意に馨は、柔らかい乳房にそえていた友川の手を、強く払い退《の》けた。マンション前の狭い道を、弾《はじ》ける音をまき散らしてバイクが走り去っていった。

友川が馨の部屋へ着いたのが午後十時で、まだ三十分くらいしか経《た》っていなかった。

雨はすこし小降りになっていた。

「恋人って、じゃないによ」

馨がなじる感じで友川に聞いた。

「恋人か」

「友さんが自分で言ったのよ。恋人だって。恋人って、愛し合っている者同士のことでしょ。それがどうしてなの。友さんが浪人になっちゃったら、別れなければならないって。めちゃめちゃじゃないの」

「虚勢を張ってる部分だってあるさ」

「そんな言い方されて、別れなければならないの？」

「いますぐ別れようと言ったわけじゃない。そろそろとは言ったけどな」

「同じことでしょ」

馨が髪を振って強く言った。

普段は野菜料理が上手《じょうず》で、まぜご飯をつくってくれたり、よく気がつく思いやりのある家庭的な女だった。しかし納得できなかったり、意見の食い違いがあったりすると、容赦せずに嚙みついてきた。その激しさがあるから売れない女優業……を、いつまでも頑張って続けていられるのかもしれなかった。

「わかったよ」

「わたし友さんいや」

「こっち向けよ。悪かった」

「やめて」

下腹部に伸びた友川の手を、馨は邪慳《じゃけん》に払い退けた。

「なんだよ。触らせないつもりか」

「嫌いよ。好きでもない人になんか、体を触られたくないわ」

「そんなことを言っていいのか」

「ゆきずりに拾った女にでも言うようなことを言っといて、なによ」

「ゆきずりみたいなもんだろう」

「違う！」

こんどは首をねじって、馨は正面から友川を睨《にら》むように真顔で言った。

二

〝諸悪の根源はあの船にある〟

過大な借入金と債務保証で、倒産寸前に追い詰められてしまった谷島建設について、メインバンク安原銀行の担当者は、そう吐き捨てるように言っていた。

あの船……というのが、逗子《ずし》マリーナのヨットハーバーに繋留してある、豪華クルーザー〈アルテミス〉号を指しているのは明らかだった。

五年前に三十七歳の若さで名門谷島建設の三代目世襲社長に就任した谷島光彦は、好きなゴルフや女性道楽よりも、さらには義務である会社経営よりなにより、〈アルテミス〉でのクルージングを愉《たの》しんでいた。

ギリシャ神話の、狩りの女神という意味の〈アルテミス〉は、一九八六年にイタリアのベニスで建造された全長二十三メートル、幅六メートルで四十一トンのスクーナー。二本マスト縦帆船のスクーナーで、〈アルテミス〉のように美しいヨットは、日本にはほかになかった。日本の沿岸を回るより、ベニスで建造された初めから、鏡のようなエーゲ海かリベリヤ海を帆走していたほうが、よく映《は》えるにちがいない優雅なヨットだった。

だが諸悪の根源と指摘されたものの、谷島光彦社長が買った値段はわずか二億円だったから、その負担で年商四千百億円の谷島建設が、経営危機に見舞われるということは考えられないことだった。

歴史の古い、かつては大手建設会社の一つだった谷島建設の、いま経営を根底から揺るがせている危機の原因が〈アルテミス〉にあるとしたら、それはこのヨットをたまり場に頻繁に出入りしていた、多くの黒い紳士たちに、若い社長の光彦が取りこまれ、徹底的に食い物にされたことであった。

そもそもこのヨットを、気のいい光彦社長に売りつけたのが、医療機器の架空売買詐欺事件で、まさかと世間を騒がせた池袋《いけぶくろ》百貨店の、そのオーナー一族の陰の軍師といわれた北田昌一《きただしょういち》。

谷島建設に池袋百貨店とオーナーの津久見《つくみ》一族を結びつけ、巨大プロジェクトを受注させてやるからと、ヨットにつづいて何千億円もの不動産を押しつけてきた。

二番目が八紘《はっこう》産業の高野正明《たかのまさあき》であり、背後で高野を操《あやつ》っていた株の仕手集団〝光〟の総帥、大谷浩正《おおたにひろまさ》だった。

ほかにも外車の輸入業者とか、この三人に限ったわけではなかったが、しかし三人のうちの一人にだけでも腰を据《す》えて狙《ねら》われたら、会社の屋台骨がゆらいでしまうくらいの恐ろしい相手だった。いわゆる経済知能事犯。ギャングとでも呼ぶべき、名だたる黒い紳士の多くが〈アルテミス〉に集まり、酒を飲み、女性をはべらせて、入れ替わり立ち替わり光彦社長をたらしこんでいった。

「光彦さんのお父上谷島会長は、四十二年間も谷島建設の社長をつとめられて、しかし徹底した事なかれ主義経営で会社を今日のようにだめにしてしまった。光彦さんはなにがあろうとこの轍《てつ》を踏んではならない。社員たちは期待していますよ。積極経営、それこそが新しい社長のZ旗であるべきです」

土地を買え。そこにスポンサーを結びつけて、大規模プロジェクトを成功させろ。

債務保証をして、大口工事を受注する。

さらには株を買え、絵画も儲《もう》かるぞと、すべからくこれからは〝脱先代社長〟路線で行かなければならず、名門谷島建設を光彦社長の手で復活させるには、虎穴《こけつ》にも飛びこんでいくくらいの、思いきった経営を展開させなければならない——

友川啓之は社長室企画部長として、光彦からこれら黒い紳士の持ちこむ話について、一部分はたしかに相談にあずかってきた。

「池袋百貨店と津久見一族グループの仕事が、これからうちへくるぞ」

光彦は北田昌一の話を信じこんでいた。

「津久見一族なんて、甘い相手ではないと思いますよ」

「そんなことを言っていたら、オヤジの代のやり方と同じになっちゃうじゃないか」

「津久見さんには会われましたか」

「十日ほど前、ゴルフ場ですれ違って挨拶《あいさつ》をしたよ」

「それだけですか」

「北田先生がつきっきりでうちの会社を指導してくれているから、絶対にだいじょうぶだ。津久見グループに持ちこむリゾート計画を、友川のほうで至急考えてくれ」

いつもこういう調子だった。

光彦は名うてのギャングの一人を、先生と呼んでいたのである。そして彼らとのことはすべて、〈アルテミス〉のキャビンで話し合われた。

有名画家の愛人の子どもだということで、芸能界に深いつながりがある北田が、光彦のご機嫌とりに女優や美人のタレントを連れこんできた。ほとんどはコンパニオン代わりということで、馨も北田に声をかけられて、〈アルテミス〉に出入りしていた一人だと、友川は聞いていた。

限られた収入しかない馨に、一回につき三万ほどのコンパニオン手当は、魅力だったに違いない。

パーティーが終わった後で、友川はいつも四、五人のコンパニオン代わりの女性たちを、逗子から東京へ送ってやった。練馬の関町へ帰る馨も何度か自分の車に乗せている。

「友ちゃんって、わたし初めてこの車に乗せてもらったとき、思わずドキッとしちゃったわ」

友川は〈アルテミス〉の中では、黒い紳士たちから友ちゃんと呼ばれていた。美人タレントや馨たちも、それで同じように呼ぶ習慣になったものである。

「ドキッとしたって、でもオレ、初めてのとき、なにもしなかったはずだぜ」

「すぐそういう言い方をするのね」

「じゃ、やらせてくれるか」

「そうじゃないのよ」

手で払う仕種《しぐさ》をして馨は、苦笑しながら友川の太い眉《まゆ》を見上げる。

「だけどドキッとしたんだろう」

「そう。わたしのお父さんとね、友さんって同じ匂いがしたの」

「匂い？……」

「男の脂《あぶら》臭い匂いよ。お父さんは一七五センチあったんです」

「あったって？」

「わたしが二十歳《はたち》のとき心臓病で……」

馨が色白な顔を伏せた。受け口で、一般に受け口な女性に共通な翳《かげ》りが色白な顔に漂っていた。そのせいかどうか〈アルテミス〉のパーティーでは、いつも目立たない所にいた。

だから滅多《めった》に話題になることもない。

「ターさんが口説いているらしい」

去年の春、光彦社長が雑談の中で友川に言った。

「え？」

「マンションを買ってやるとか。あれは、だけど贅沢《ぜいたく》な女じゃないし、金だけじゃ動かないと思うよ」

「社長はどうして？」

「なにが」

「いえ。そんな話を誰から聞いたのかと思いまして」

「うん。なんとなくな……」

「高野社長は銀座だけじゃなくて、この頃は赤坂にも彼女がいるっていう話ですよ」

「そうかね」

その話題にはもう興味がないというように、光彦は顔をそむけてしまった。

ターさんこと八紘産業社長の高野正明は、もともと谷島建設の経理部長であった。光彦社長の出現で「オレを重用できない若造社長となんか、つきあっていられるか」と、啖呵《たんか》を切って辞表を叩《たた》きつけた。

独立した高野のやったことは、仕手集団を操り、昨日まで自分が働いていた谷島建設株を買い占めることだった。そしてこんどは買占め株の調停者として、堂々と光彦社長の前に姿を現わした。

谷島建設がこの買占め株をそっくり買い取らされたのは、経理の秘密を知りつくした高野に痛いところを衝《つ》かれ、攻めまくられた結果だった。しかし光彦社長が買取りを決断したつぎの瞬間から高野は、仕手集団の買占めを上手に処理してやった〝功労者〟として、光彦社長に喰いこみ、〈アルテミス〉へ出入りするようになったのである。

黒い紳士のなかで、誰が一番の悪者で光彦社長を食った……かという点で、金額の多寡《たか》はともかくとして、五十六歳の高野の八紘産業が昨年の暮に倒産しなかったら、谷島建設の経営危機が、こんなふうに一挙に表面化することもなく、凌《しの》げたかもしれない。

一千八百億円の会員権売り上げを見込んでいた、八紘クラブというリゾート開発が、実は一千億円がやっとで、谷島建設の債権が千二百億円にも達していたのである。

光彦を巧妙にとりこみ、引き出せるだけ金を引っぱった。

そして最後にはなにもなくなった——

それが高野正明だった。

「高野だなんて、あんなギャングみたいな奴のどこがいいんだ」

その話が出たときはまだ、高野は全盛だったから、友川はいつものように車を送っていく車の中で、唇を歪《ゆが》めるようにして切り出した。

「え、なんのこと？」

「八紘産業の高野に口説かれているんだろう」

「ギャング……なの？」

馨が逆に友川に聞き返した。

「みんなそうだよ。うまいことを言って社長に、なんとか金を出させようとしたんだ。社長のほうは〝脱先代社長〟という呪文《じゆもん》に縛られちゃってるから、危ないからやめろって、こっちが社長になにを言っても通じない」

「親切にして頂いているだけだわ」

馨がツンとした口調で言った。

「どういうふうに親切にされているんだ」

「別に。でもそんなこと友さんに報告しなければいけないの？」

「あんな男、やめたほうがいい」

ハンドルを握った友川は、馨に投げ返すように言った。友川にしてもそんな言い方をしたのは初めてである。思わず口から飛び出した言葉で、なぜそんなことを馨に言ったのかわからないくらいだった。

馨は膝の上に両手を添え、首筋を固くして、鋭く夜陰を切って疾走するスカイラインGTの、フロントガラスを見つめていた。

「そんな悪い人なのかしら」

しばらくしてからポツンと言った。肩から力が抜けたような言い方である。

「なんだ。もうあいつと関係ができちゃったのか」

「関係なんて、なにも……」

「できちゃったんなら仕様がないさ。ま、精一杯小遣いをせびっておくんだな。埋め合わせのつくような奴じゃないんだ」

「そんな。わたし、なにもないって言ってるでしょ」

「格好つけなくてもいいよ。誰と誰がどうなってるかなんて、ヨットの中のことはどうせすぐばれちゃうんだから」

「わたしは違うわ……」

いつもの乱暴な調子で言う友川に、馨は表情を動かさずに低くポツンと言った。車は逗《ず》葉《よう》新道から横浜の高速道を、百二十キロ近いスピードで走っていた。

「第三京浜へ出る」

長い沈黙の後で、友川が怒ったように言った。

逗子から練馬の関町までは、いくつかのコースがあったが、第三京浜から環八《かんぱち》を抜け、青梅《おうめ》街道へ真直ぐに出ても近かった。友川は男っぽい太い眉《まゆ》をしかめ、口をつぐんでハンドルを握っている。馨には、友川が急に不機嫌になった原因がわからなかった。

環八を鳥山《からすやま》の近くまできたとき、友川がハンドルを切った。

「ちょっと寄ろう」

左へ曲がる環八からも、赤と青のネオンの看板が見えていた一軒のホテルへ、友川が車を乗り入れた。ホテルといっても一室毎《ごと》に駐車場がついていて、誰とも顔を合わせずに室に入れる仕組みのラブ・モーテル。

どういう目的の場所か、大人の馨にはわかっているはずだった。しかし馨は友川に従い、黙って室へ入った。

ソファーとテレビに小型冷蔵庫があって、大きなベッドが据えてある。

友川が冷蔵庫のビールを抜いてきた。

「どういうこと？」

向かい側に座った馨が、潤《うるお》いのある眼で友川を見つめた。

「やりたくなった」

友川はコップにビールを注《つ》ぎながら、ぶっきら棒に言った。

「そんな言い方いやだわ」

「じゃ、なんて言ったらいい？」

馨のコップにも缶ビールを注いで、友川はビールの泡を吸いこむように飲んだ。馨は睫《まつげ》の長い眼を伏せてグラスのビールに口をつける。

「すこしぐらいはわたしを好き？」

上眼で馨が友川に聞いた。

「わからない……」

友川は照れ隠しに、コップの残りのビールをあおった。

「嫌いで誘ったの」

「気になってたからさ」

「わかったわ。じゃ愛してるって言って」

「カオルはどうなんだ」

「友さん好きよ」

「愛してるって言えるか」

「まだそこまでは」

「おあいこだ。じゃバスへ入るかベッドにするか。どうする」

「友さんは？」

「早くやりてえな」

「もう一度ちゃんと言い直してよ」

馨は怒った眼で友川をたしなめた。

三

決算期末の三月中に、会社が普通に機能するのはウィークデーの残り五日間だったから、それを一日でも二日でも余計に活用する方法は、土曜日と日曜日に動くことだった。

「明日か明後日、どっちか雨が降ったら、夕方寄るつもりだけど」

友川はベランダの滴《しずく》の音を確かめて、ベッドを出て服を着けながら馨に言った。

実はそのとき、友川は服を着ながらベッドの脇《わき》のカーペットの上に、細い脚を複雑に折り曲げて、ついに力尽きて天井から落ちた虫の死骸を発見した。

それはもうゴミのような黒い点でしかなかった。

しかし生きようと懸命にもがいていた姿に、おのれの状況を重ね合わせ、こうはなりたくないと友川はつぶやいていた。

「夕方なら家にいるつもりよ」

「成城《せいじょう》の社長の家へ行こうと思ってる」

馨はそれなら晩ご飯の仕度をしているからと言ったが、土曜日と日曜日の二日間とも、金曜日の夜の雨を忘れたような、風も止んで穏やかな晴天になってしまった。

休日に天気がよければ、社長の光彦は逗子のマリーナへ車を飛ばし、〈アルテミス〉でクルージングを愉しむ。銀行から、経営危機に陥《おちい》った谷島建設の、諸悪の根源とまで指摘されたヨットに、光彦はなおも執着しつづけていた。

ただ谷島建設の経営危機と軌《き》を一にして、黒い紳士たちも相次いで破局に追い詰められてしまったから、豪華ヨットのキャビンに、コンパニオン代わりの女優や美人タレントを配した、以前のような洋上の贅沢なパーティーは取り止めになっていた。

同時に光彦は〈アルテミス〉で、会社の仕事の話はしないことにした。

土曜日に天気が回復し、日曜日も晴れてしまったため、光彦社長の自宅を訪ねても留守だとわかっていたから意味がなく、そこで友川は副社長の小高作造《おだかさくぞう》を訪ねてみようと思った。

なにかで動いていないことには不安だった。いま友川が問われているのは、社長室企画部長という椅子《いす》を特別に用意して、身近で若い社長の暴走を監視し、チェックさせようとしたその責任が、まったく果たされなかったことにたいしてだった。

「友川はなにをしていたんだ！」

常務会で声を荒げた友川非難の意見が、何人かから出されていた。

それは友川の耳にも入っていた。

「いまから伊東《いとう》へ行ってくる」

友川は杉並の自宅を車で出てから、途中の公衆電話で馨に連絡した。成城行きを中止したが、伊東の帰りには関町のマンションへ寄るぞ、という含みである。

「伊東って？」

「小高副社長の別荘だ」

「あ、わたしも連れてって！」

馨が突然悲鳴のような声で言った。

南伊東の先、三百メートルの城山の近くの台地にある小高副社長の別荘へは、頼まれて二、三度お手伝いに行ったことがあるし、小高副社長はよく知っているからと、馨が口早に説明した。

友川はわざわざ環八を引き返し、馨を拾って再び東名《とうめい》入口の用賀《ようが》へ向かった。

大正十三年生まれで、今年六十七歳の小高作造副社長は、谷島建設の創業者谷島文吉《ぶんきち》の出身地の福井県に隣接する、金沢市の出身。旧制の工専を出て当時の谷島組へ入り、一貫して技術部門を歩いてきた。

それだけに、創業者の谷島一族に忠誠を誓う、最古参の生《は》え抜き社員で、光彦社長など「小高のじいさん」と呼んで、養父にたいするような親密さを示していた。

ただ谷島建設には、代表権を持った副社長が五人いて、席次で筆頭者は建設省・道路公団の出身者。二番目が安原銀行から送り込まれた副社長とつづき、小高はその次の三番目ということになる。そして筆頭副社長と銀行出身副社長が、光彦社長の退陣を強く求めているのだった。

友川の責任についても、二人の副社長と常務陣が中心になって、追及していた。

「どうしてだ」

廃屋《はいおく》とまではいかないが、古びた農家という感じの、建設会社副社長の別荘という意識で探したら、確実に見逃してしまいそうな、屋根のトタンも赤錆《さ》びた陋屋《ろうおく》で、柴木をくべた囲炉裏《いろり》の前に座った、和服に綿入れのチャンチャンコ姿の痩《や》せた小高は、友川と馨を見較べて首をひねった。

十年ほど前に妻を喪ってから、ゴルフも釣りもやらない小高は、週末を一人、伊東のこの山荘で過ごすようになっていた。

「彼女は例のヨットの接待要員として、よく手伝いにきてくれていましたから」

「なに」

「〈アルテミス〉です」

友川の説明にゴマ塩頭の小高は、現場灼《や》けとも言える皺《しわ》の多い浅黒い顔を、精一杯にしわめた。

「あんたもあんなヨットに行っていたのか」

小高は友川を無視して、厳しい言葉の割には表情を緩《ゆる》めて馨に言った。伊東までの車の中で聞いた話では、小高の次女と馨が同じ大学の出身で、その関係でよく劇団の切符を小高に買ってもらっていたのだという。

本当かどうか紛《まぎ》らわしい言い方だった。小高の次女には六歳になる子どもがいて、当然四年制の大学を出てからの結婚だったから、ギリギリ控え目に計算しても二十九歳。常識的には三十歳以上ということになり、二十六歳だと主張する馨の歳と合わなくなるからだった。

しかしそれはわかっていることだったから、友川は深くは追及しなかった。

「月曜日にたしか常務会がございますね」

友川が小高に向き直り、姿勢を起こして聞いた。

「明日、十時からだ」

「どうなるんでしょうか」

「世間の批判も厳しいからな」

午前中だというのに、すすけた障子《しょうじ》を閉めきった家の中は、必要以上に薄暗かった。囲炉裏の焔《ほのお》に浮かぶ小高の顔の皺《しわ》が、憂色をさらに深く映していた。

「でも社長が退任されたら、後継者をどうしたらいいんでしょうか」

谷島一族の中には、光彦に代わって経営を采配《さいはい》できる男がいなかった。それで光彦は「やめないよ」と友川に言っていたのである。

「手がないわけではないが……」

「上田《うえだ》専務をつなぎに、という意見があるそうですが」

「一族ではないが、むしろそれだけに社内の信望はある」

「しかし谷島建設の社長は、やはり一族の世襲でなければならないと思います」

「そうも言っていられないだろう。ぼくが考えている手……というのは、上田専務につなぎの社長を、ということではない」

専務の上田順一《じゅんいち》は、建設業界の大ボスといわれる、谷島建設名誉会長上田政太郎《せいたろう》の長男で、昭和十二年生まれの五十四歳。同族経営の谷島建設に派閥はないはずだったが、上田順一の周囲に、課長クラスの管理職中枢が集まっていることは確かだった。

「なにかウルトラCがあるでしょうか」

「それはわからん。ただこういう大切なときに、いぜんとしてヨットだというのでは困ると、昨日も電話をしておいたんだが」

苛立《いらだ》たしそうに小高が言った。

「社長にしたら、いまは〈アルテミス〉だけが、息抜きの場なんだと思います」

「息抜きなんていう余裕はないだろう。あんなもの燃やしてしまえばいいんだ」

「燃やすなんて、まさか副社長さん」

部屋の掃除や流しの片づけものをするからと、家の中をせわしく動き回っていた馨が、振り向いて突然口をはさんだ。

「そうでもしなければ銀行をはじめ、株主も債権者も納得しない。頭を下げて回り、その決意表明としてヨットを燃やす。そうすればあるいは生き残れるかもしらん」

「頭を下げて回るなんて、そんなことのできる方ではありません」

「じゃヨットだけでも燃やしたらいい」

小高は馨を見つめながら言った。

〈アルテミス〉号にたいする社内の風圧は、小高のその険しい口調に、そっくりこめられていた。銀行や株主、債権者への申し開きのためというより、全社員への詫《わ》びのためにも、ヨットを始末しろというのが小高の言い分だった。

小高が白い煙に眼をしばたきながら、さらに囲炉裏に柴木を足すと、急に火勢が上がって部屋が明るくなった。

「一つだけ……。わたしの社長室企画部はどうなりましょうか」

友川は息を詰めて聞いた。自分にとって一番かんじんな問題である。

「君に社長を十分補佐したという自信があるのか」

「異常な情況下でしたから……」

「なにもかも正常に戻すこと。それがこれからの仕事の中心だ」

小高は素気なく言った。

会社という組織では、常に結果だけが問題にされる。そこに至るプロセスはどうあれ、結果がマイナスと出たら、どんな努力と苦労が注《そそ》ぎこまれた問題でも、評価がプラスに変わることは考えられなかった。

二人は昼すこし前に小高の別荘を出た。

「本当はね、副社長さんの次女、由香里《ゆかり》っていうんだけど、学生時代に彼女と一緒にあの別荘で一夏を過ごしたことがあるの。いまの社長さん、その頃は重役になりたてだったけど、初めてお会いしたのもあの別荘よ」

「え。何年前かな」

「わたし、北田さんに頼まれてっていうことになっていたけど、社長さんに手伝ってくれっていわれて、それで〈アルテミス〉へ行きはじめたんです」

何年前だったかということには答えず、馨は弾んだ口調で友川に言った。

「じゃそれからずっと、社長とはつきあっていたわけか」

「つきあうって、そんなでもないけど」

馨は細い首を小さく振った。

友川の場合は、光彦が三十七歳で社長に就任し、若い社長を補佐するいくつかの機構の一つとしてつくられた、社長室企画部長に選ばれてから、身近にはじめて光彦を知ったくらいだったから、馨のほうが面識はずっと古いことになる。

「小高さんの話、どう思う」

「ヨットさえなければいいの？」

逆に馨が友川に聞き返した。

——この女
そのとき友川の胸に、思い入れた馨の口調から、不意な翳《かげ》りが黒い雲のように浮き上がった。ひょっとして馨は社長の光彦となにかあったのではないか。そう言えば友川に光彦が、高野が馨を口説いているらしいぞと、はじめて話題にしたとき、言い方がどことなくおかしかった。

高野がいくら口説いても、馨は贅沢な女じゃないし金では動かない……と。

　そのとき友川はどうしてそんなことまで、社長は知っているのかと聞こうとして、結局は言葉を濁してしまった。正面からはやはり聞きづらかった。しかし考えてみると不自然である。光彦も馨もである。一体なにがあってそれはいつ頃のことだったのか。光彦となにかあったとして、友川とこうなったのはなぜか。友川にはわかっているはずの馨とのことが、急に謎に思えてきた。

　友川は南伊東のかどの台を抜ける道の途中から、林へ曲がりこむ細い農道へ車を乗り入れた。

「そっちは行けないわよ」

　この近くで一夏を過ごしたことがあり、地理にも詳しい馨が言った。友川はかまわず未舗装の道を百メートルほど入って、乱暴に車を止めた。葉の落ちた灌木《かんぼく》がそのあたりは途切れていた。

「やりたい」

　馨を横目に友川は怒ったように言った。

「え、なによ。わたしカーセックスなんていやだわ」

「誰がカーセックスだなんて言った」

「だって……」

「車を降りてくれ」

「まさか。外でするつもり」

「寒くないよ。陽《ひ》があるから」

「やだ。人に見られたらどうするの」

馨の言葉を無視して、友川は勝手に運転席から降りると、頭上にあるそれほど強くない初春の陽光に眼を細めた。乾いた葉を踏むと騒々《そうぞう》しい音がした。あと十五分も走れば伊東の街へ着くし、温泉旅館がいくらでもあるのにと、馨は車の中でブツブツ言っていた。

それでもやっと助手席から降りる。

「外のほうが暖かいよ」

「だからって……」

「こっちへきて、トランクの下のバンパーに両手を突けよ」

「どうしても」

渋りながらも馨が車を背後から押すような恰好《かっこう》で、トランクに両手をそえた。

「バンパーにつかまるんだ」

「だってそんなの、逆立ちしたようになっちゃうじゃないの」

「いいから」

友川は馨の腕を摑《つか》み、上体を折り曲げてバンパーを握らせた。間を置かずに友川はハイヒールに紺色のショートスカートと、厚手のカーディガン姿の馨の背後へ回り、短いスカートを下からウエストの方へまくり上げた。

パンストの縫い目が丸いヒップを二つに割っていた。

「乱暴にしないでよ。破れちゃう」

馨が言ったが、友川はレースのフリルのついたパンティを、パンストと一緒に馨の足首まで引き下げた。雲の薄い陽の下に、色素を拒否したような透《す》けるくらいに白い二つの盛り上がりが、輝いて浮かび上がる。

「光彦社長とはなにもなかったのか」

友川はベルトを外《はず》してズボンをずり下げながら聞いた。

「え」

「いままでに……。一度くらいはなにかあったんだろう」

「なにもないわよ」

「嘘つけ」

まったく前戯もなしに、友川は馨のヒップを両手で抱え、一気におのれの部分を押し入れた。馨は思いきり大袈裟《おおげさ》に悲鳴を上げた。

四

「総額九千五百億円だそうだよ」

本社ビル七階の役員応接室のソファーで、中を覗《のぞ》くようにして入ってきた友川に、取締役開発事業部長の諸岡利博《もろおかとしひろ》が、眼鏡《めがね》のフレームを指でこじ上げながら言った。

「え、しかし九千億という噂《うわさ》はありましたが、本当なんですか」

「噂以上だったということだな」

日と共にどんどんふくらんでいくという感じである。

二十五日の月曜日に開かれた常務会で、突然小高作造副社長が辞意を表明し、つづいて安原銀行から送りこまれている席次二番目の副社長も、六月株主総会での辞任をほのめかした。銀行出身副社長の場合は、辞任といっても差し替えの恰好で、後任者が送りこまれてくる。

しかしそれでも銀行出身副社長まで辞めるというのは、容易なことではない。

――これで
光彦の社長居座りの目は、九十九パーセント消えたな、と友川は思った。

この事態を受けて昨日、三月二十七日の水曜日に緊急の経営会議が、午後七時から麻布《あざぶ》の谷島建設寮で開かれ、その結果を諸岡がどこかで聞いてきたものだった。

昨夜の天気予報では、アムール河の南に寒気をともなった気圧の谷があって、それが南下する気配だと言っていた。

千代田区三番町にある谷島建設本社ビルからは、東側には戦没者墓苑と千鳥ケ淵《ちどりふち》の向こうに北の丸公園が望まれ、南東に眼を転じると、首都高速環状線越しに、皇居の緑が広がっていたが、それもいまは低く垂《た》れこめた雨雲の下に烟《けむ》っていた。

若い光彦社長を補佐するため新設された、もう一つの組織が諸岡の開発事業部で、友川同様にいま諸岡も、社内から指弾の矢を浴びせられていた。

その諸岡の説明によると、谷島建設の借入金は、五年前の光彦が社長に就任した当時の数字で、長短合わせて百十一億円であったが、現在では三十七倍の四千億円にも達しており、さらに債務保証も当時の三倍の三千億円の大台を突破していた。

また、不動産、株式、絵画など、さすがに谷島建設本体の名では手が出せなかった部門は、谷島リース、谷島産業などの子会社を設立して行い、そうした子会社への融資や債務保証、また借入金を合わせると、谷島建設とそのグループの負債その他は、総額で九千五百億円にも達することが判明した――

諸岡は言ってから吐息を絞り出した。

「うちの三月期の売上高が四千二百億円なのに、純借入金だけで四千億というと、これは無配転落は避けられませんね」

「しかし赤字無配というのは困るんだよ」

小太りな諸岡は、ソファーで腰をずらして座りながら言った。役員応接室の壁には三十号ほどの、油の風景画がかけられていた。あるいはこの絵も、北田に押しつけられて法外な値段で買わされた一枚かもしれなかった。

「建設会社は赤字決算をすると、公共事業の受注ができないことになっていますね」

「だからさ、公共事業が受注できなかったら、どんな計画を立てても、会社の再建なんて絵に描いたモチになってしまう」

「小高副社長は、ウルトラCがあるようなことを言っていました」

「しかし辞意を表明しちゃったからな」

「ぼくなりに考えてみたんです」

「なにを？」

「小高さんが言っていたウルトラCです。前社長、つまり谷島昭《あきら》会長のカムバック、これしかありませんね」

「なにを言ってるんだ。四十二年間も谷島建設の社長をやってきて、社長業がいやでいやで、放り出すように光彦さんにバトンタッチしてしまった人だぜ。カムバックなんか承知するはずがない」

「でも光彦社長が、代表権もなにもない平取締役に格下げだと聞いたら、一期や二期のつなぎは承知するでしょう」

友川は諸岡の丸い顔を覗《のぞ》き上げた。

副社長の小高が考えているウルトラCというよりも、それは友川にとって、一番都合のいい生き残り策であった。

一日か二日前までは、光彦を社長の椅子に居座らせつづけることが、友川自身の肩書や社内の立場を守る、唯一の延命策だと思っていたが、それはほとんど望めないことがはっきりした以上、一転してこの際は、光彦にすべての責任を負わせて社長を辞任させ、平取にまで落としてしまうことが、谷島建設の救済に安原銀行を踏み切らせる、キメ手になるように思えてきた。

銀行の出方の如何《いかん》で、決算はどうにでも処理できる――

「光彦さんを平取締役に落として、それでどうなる、っていうんだ」

「うちの会社には副会長のポストが空《あ》いています。光彦社長の体面だけを考えたら、社長をやめられた後は副会長にというコースがあるはずです。でもこれではカムバックの芽《め》がなくなって、未来の可能性がゼロになってしまいます」

「光彦さんを再起させるのか？……」

「谷島一族には光彦さんしかいません」

「そのための平取降格？」

「〈アルテミス〉もそれと何人かの女性たちも、この際はなにもかも整理してもらって、海外へ経営勉強に行っていただく。そして九千五百億円の処理方針が固まり、谷島建設の再建策がどうやら軌道に乗り出したら、社長にカムバックして頂くんです」

「わかったよ」

諸岡は口許を歪《ゆが》めて言った。

「は？」

「光彦さんをカムバックさせて、そのときはまた君は社長側近に、返り咲こうっていうんだろう」

「諸岡重役も生き残れますよ」

「ぼくはその前に取締役として馘《くび》になってしまう」

「いいえ。光彦社長がこんどの問題について、全責任をかぶるという形になったら、小高副社長の殉死だけで収まるかもしれません」

「承知するかどうか。期待できないね」

「やってみましょうよ。社長を説得するんです。この手しかありません、って言って」

「あの人が全責任を背負うかな……」

「一度や二度ではだめでしょう。何度も説得するしかありません。お互いのサバイバル作戦ですから」

「君は怕《こわ》いね。社長だろうと小高さんだろうと、自分のためにみんな踏みつけにしちゃおうとする」

首を振りながら言った諸岡も、最後には光彦社長の説得に、友川と行動を共にすることを承知した。なにもしないではいられなかったし、ほかに妙案もない。一番可愛いのは自分である。責任問題では取締役の諸岡のほうが、事情が切迫していた。

「いずれ二人がなにか言いにくるだろうとは思っていた」

明朝八時半という、光彦社長の指定時間に社長室へ入った諸岡と友川に、光彦は鼻筋の通った、見るからに育ちのよさを感じさせる、整った顔に笑いを浮かべた。

「わたしどもの補佐が不十分だったと、友川君と一緒に深く反省しています」

ベッドくらいに幅の広い、黒塗りの社長デスクに向かう光彦に、諸岡が深く一礼した。

社長にたいするお追従、お世辞を言わせたら、友川など足許にも及ばない歯の浮くようなセリフを、諸岡は平然と並べ立てる。

「諸岡や友川が、谷島建設の社長だったわけじゃないよ、責任はぼくにあるんだ」

光彦があっさりと言った。

「実は社長、考えました」

諸岡とは逆で、大学の先輩後輩ということもあったが、光彦にたいしてはいつも友達のような口を利く友川が、社長デスクに一歩進んで切り出した。

「なにを考えたんだ」

「ウルトラCです」

友川が言ったときである。秘書役の橋本《はしもと》が禿《は》げ上がった額を光らせ、ノックもそこそこに社長室へ飛びこんできた。

「………」

光彦が顎《あご》を上げた。

「いま神奈川の逗子警察署から電話が入りました」

「なに？」

「今朝です。午前二時過ぎということでしたが、〈アルテミス〉が火事を起こして、燃えてしまったということです」

緊張しているせいか、橋本は言葉をつまらせながら言った。

「なにを言ってるんだおまえ！」

椅子を蹴《け》って立った光彦は、精一杯の大声で橋本を怒鳴りつけた。

「本当です。逗子警察から……」

「〈アルテミス〉が、なんで燃えてしまったんだ。火事だなんて、ばかなことを言うな」

明らかに取り乱した光彦は、自分でもなにを言っているのか、わからないに違いなかった。友川も呆然《ぼうぜん》としている諸岡と顔を見合わせた。

「放火だそうです……」

光彦の剣幕に恐れをなして、橋本は首をすくめて言う。

「なに放火！　じゃ誰が火をつけたんだ」

さらに光彦は両手の拳を握りしめ、狂ったように叫んだ。

「容疑者は捕まっているそうです」

「捕まったのか」

「女……。沢本馨と言っているとか。逗子署の話では、ガソリンの入ったポリ容器を持って、ハーバーに立っていて、自分が火をつけたと言っているそうです」

「沢本馨！」

光彦と友川の二人が、ほとんど同時にその名前を呼んだ。

「社長、ご存じの女ですか」

橋本秘書役が額に皺《きざ》を刻んで、光彦に聞き返した。

「馨がどうして〈アルテミス〉を焼くんだ」

橋本を無視して、光彦がこんどは友川に怒鳴った。

「わかりません」

「知っているはずだ！」

どうしてと首をかしげたくなるくらい、光彦は取り乱していた。たしかに美しい〈アルテミス〉号の船姿は、三十七歳で谷島建設の社長に就任し、〝脱先代社長〟を掲げて新しい経営を志向した光彦にとって、シンボル的な意味を持っていた。

それだけに、異常ともいえる執着を示していたのである。

「わたしがなにを知っているんでしょうか」

友川は覚めた顔で聞き返した。面と向かって光彦に馨との関係を打ち明けたことはない。友川が経済的に馨を支えていたというわけではなかったし、〝恋人〟といっても要するに大人の関係だった。相手が誰であれ打ち明けたりする筋はなかった。

しかし光彦なりに、うすうす感じていただろうということは言えた。たとえ関係を感知されていたとしても、友川としてはある所までは、呆《とぼ》け通さなければならない場面だった。

「小高のじいさんが、ヨットは燃やしちゃえって言ったそうだな。友川も馨をけしかけるようなことを言ったんだろう」

「けしかけてはいません」

「おれが馨に命じたのは、〈アルテミス〉に集まるいかがわしい人間の情報を集めろということだった。こんなことになるんなら、友川のことも詳しく報告させるんだった」

「すると社長は?……」

「〈アルテミス〉が燃えたということは、おれの凋落《ちようらく》の象徴みたいな事件だ。おまえはおれを引きずり落とそうとして、馨にやらせたんだ」

「社長あってのわたし達です」

「嘘だ。おまえはおれと馨の関係を嫉妬《しつと》していたんだ。そうにきまってる。だけどおれたちにはなにもない。なにもなかった。どうだ。これでも友川はおれを憎むのか」

狂った。

谷島光彦は、一瞬で狂ってしまった、もっとも正気だったら三年ほどの間に、九千五百億円という途方もない負債をつくったりはしない。経営の世襲という同族の歪《ゆが》みを積み上げてきたとがめが、光彦の狂気の根にひそんでいるはずだと思った。

「社長、落ち着いてください」

友川は幼児をあやす口調で光彦を宥《なだ》めた。

「わかってる。おれには全部わかってるんだ」

さらに光彦が虚《うつ》ろな眼で言った。

――どうやら
馨ともこれで別れられる。馨自身が言っていたように、ゆきずりの関係だったんだなと、
友川は胸でつぶやいた。

勝手にしやがれ

一

病院を訪れてあの消毒液の匂いを嗅《か》ぐたびに、いつも思い出すことがある。

あるときわたしが、足の小指の股《また》にできた水虫を気にしているのを知って、「水虫にいちばん効果的な治療法を知っているか」とその男が聞いた。

「どうするの。教えて」

「クレオソートを使う。これは効くぞ」

「そんなんで水虫が直るの？」

「直るネ。それも一発だよ。洗面器に熱いお湯を入れ、かなり濃いめにクレオソートをたらし、その中へ十分間足を浸しておくのさ」

「そんなことをしたら、足の裏がふやけちゃうんじゃないの」

「ふやけるさ。ふやけて一晩寝ると、翌日パラパラと足の裏の皮が剝《は》げ落ちるんだ」

「いやだわ、そんなの」

「だからいいんじゃないか。水虫菌に侵された表面の皮膚はクレオソートで殺菌して、そのあとに出てくるのは無菌状態の皮膚なんだから、これで完全に水虫はなくなる」

まさか……とは思った。

だからといってまるでウソとも思えない。消毒薬のクレオソートで水虫を殺菌するなんて、なんとなく嘘っぽくて、しかし一面ではありそうな感じもするからである。

ただ昔からだったが、正直いってその男の話は、どこまでが本当かわからないところがあって、本気にすると冗談で、ウソだと思っていると本当だったりする。要するに人を食ったような話を愉しむ癖《くせ》があった。それでも男は日本では一番名高い東大を出ていたから、わたしたちが知らないことだって、いっぱい知っているような気がするのである。

しかしそうやって何度やられた！　と思ったことか。

クレオソートの治療法も、半信半疑でマユツバものとは思いながら、わたしは結局やってみた。

やってみてやっぱり酷《ひど》い目にあった。

確かに足の皮はポロポロと剝げ落ちた。だけどそのあとしばらくのあいだ、剝げかかって固くなった皮がひっかかって、パンティストッキングが穿《は》けなかったのである。

ともかくその男が、緊急入院したことを知ったのは、一昨日のことであった。

男の名前は漆坂正一郎《うるしざかしょういちろう》。世界ナンバーワンのオートバイメーカーで、四輪車市場でも若い人たちに人気の車種を作っている半田自動車の副社長である。いや副社長というのは、ひょっとしたら一昨日までの肩書だったのかもしれない。

新聞には〝副社長を辞任〟というふうに出ていたから、いまはもう単なるヒラの役員なのかなと思い直した。

ともかくわたしは、漆坂が緊急入院したという記事を読んで、やっぱりそうなのかと思った。そして今朝、いてもたってもいられない気持になって病院に訪ねた。病院の名前は漆坂が可愛がっていた部下の前川《まえかわ》に電話を入れて、こっそり聞き出したものである。しかし教えてくれた秘書課長の前川は「無理ですよ。だって家族や会社の人間の面会も、断っているくらいだから」といってわたしを諌《いさ》めた。でもそのとき、わたしはなんとなく漆坂に会えるような気がしていた。

もともとわたしはダメモトで行動するのが、苦にならないタイプだった。

人間ってそんなに万能ではないのだから、やってみなければわからないことっていっぱいあった。やりもしないうちから駄目だと諦めるなんて、そんなの嫌である。わたしが漆坂と知り合って付きあうようになったのも、もとはといえばそういうわたしの向こう見ずな生き方に、漆坂が興味を抱いたからだった。

結果はまったくの偶然で、わたしがその病院の最上階にあるＶＩＰ用の特別フロアを覗《のぞ》いたとき、たまたま検査のために個室から廊下に出てきた漆坂と、ばったり鉢合わせしてしまったのだった。

「あ……」

わたしが小さく声を上げると、向こうも気付いたようで、顔を上げて口許《くちもと》をちょっと歪《ゆが》めてから片目をつぶって見せた。そして看護婦の後から俯《うつむ》き加減に歩いてきて、わたしの横を通り過ぎる瞬間、「あとで」と口許を動かしてダイヤルを回すような仕種《しぐさ》をした。

その表情の無邪気だったこと——

わたしはすぐに病院を出て、表通りの花屋で見舞いの花束を買い、ついでに真っ赤なルージュのキスマークをつけたメモ用紙に「わたしの好きな正一郎、あなたに好かれているアイリーン」と書いた封筒を、一緒に病院へ届けてくれるように頼みこむと、スキップでもするように病院を後にしたのだった。

わたしの名前は鹿野《しかの》アイリーン・マユミ。名前からも分かるように日系の混血。外交官をしていた日本人の父と、父の赴任先で知り合ったスペイン人の母との間に生まれて、今年三十三歳になる。

わたしが漆坂と出会ったのはいまから十年前。当時のわたしは大学を出て、父の任地だったイタリアのミラノでぶらぶらしているフリーターだった。

わたしは日本での就職に失敗し、ミラノへ渡って日本料理店でアルバイトをしたり、日本人観光客の通訳兼ガイドをしたりして過ごしていた。そのアルバイトで舞い込んできたのが、半田自動車の仕事だった。

この年半田自動車は、十四年間休止していたF1選手権への復帰を目指してプロジェクトチームをスタートさせ、第九戦のイギリスGPから出場する予定でいた。

その半田勢の総責任者として、下見を兼ねてミラノ郊外のイモラ・サーキットで開催される、第四戦のサンマリノGPに乗り込んできていた漆坂と、前夜祭のパーティー会場で初めて出会ったのだった。

わたしの立場は、ハンダチームの通訳であった。

F1のエンジンというのは、内燃機関を志した者なら一度はやりたいという、人も羨《うらや》む仕事なのだそうである。そのF1エンジンの開発を、漆坂は若い頃に主任研究員として担当していたという。主任研究員は開発のリーダーで当然かなりな技術力を要求される。

それをわずか三十一歳の若さで担当していたのだから、まさに早熟の天才技術者……だったと、なにかの本に書かれていたことがあった。

でも、漆坂の最初の印象は、本当はわたしの大嫌いなタイプだった。

才気煥発《かんばつ》というのか、漆坂の爪の先から頭のてっぺんまで、おれは頭がいいんだぞと自己過信していて、またそういう雰囲気をプンプン匂わせ、すごくイメージが悪かったからである。

あとで知ったことだが、当時漆坂は四十二歳で半田自動車の常務に昇進したばかり。それも最年少の常務として、マスコミはじめ各界から注目されていたときだった。もともと漆坂は派手で華やかな話題の持ち主だったようだが、その頂点にあったわけである。

昭和十五年、高知県でも有数の資産家として知られる家に生まれた漆坂は、灘高、東大を卒業、東大では工学部宇宙航空学科を出て半田自動車の子会社で、主にエンジンやシャシーの研究開発を受け持つ半田自動車研究所に入社。

直ちにオートバイやF1エンジンの開発を担当し、入社三年目に、〝世界一のエンジニアを目指す男〟として雑誌に紹介されて以来、三十四歳の若さで半田グループの最年少の重役になり、五十七年に常務に昇進、比較的出世の早い半田自動車の中でも、そのスピードぶりは際立っていて、昇進記録をことごとく塗り替え、早くから〈半田のプリンス〉として内外から注目されていたらしかった。

漆坂は女のわたしが見ても、たしかに頭は切れると思う。

外人と話をしても、英語でジョークを飛ばすし、日本人のエグゼクティブで英語でジョークを言えるのって、政治家の宮沢《みやざわ》さんぐらいだと思っていたから、漆坂の語学力には正直言って驚かされた。

それに漆坂は単に頭がいいだけではなく、すごく何でもよく知っていた。日本の歴史や地理、現在の経済分析はもちろん、歌舞伎《かぶき》や能について説明させると、ガイドよりも分かりやすく話してくれた。音楽はクラシックからジャズまで。食事時に年代物のワインが出てくると、どの地方でとれた酸味が特徴的な逸品だなんて教えてくれるし、東京のそば屋でうまいのはどこどこの店といった話もできる。

博識でどんな話題にもついていけた。

日本人のビジネスマンって、仕事一筋という人が多く、中年を過ぎた人のなかには、それを自慢にする人だっている。

無趣味というのは、つき詰めれば自分の無能さ加減の証明だというのに、「わたし、趣味は仕事です」なんて得意げに喋《しゃべ》るバカみたいな男がすくなくない。

その点、漆坂の趣味はテニス、ゴルフ、ヨットとステータスを感じさせるものを一通りこなし、身長こそ一六五センチ前後で小柄なのに、外国人相手に胸を張って堂々としていて、持って生まれたセンスのよさのようなものが感じられた。

何というか、さり気なくやることや持っている雰囲気が下品ではないのである。わたしがこれまで知り合った日本人ビジネスマンとは、一味も二味も違っていた。

ただそういう頭のよさや育ちのよさが、表情にチラチラと出てくる。おれはこんなに何でも知っているんだよ、お前たちとは育ちが違うんだよと言わんばかりの態度が見え隠れするところがあって、それがすごく厭味《いやみ》に映っていたことは確かだった。

二

繰り返すけどそういう漆坂は、決してわたしのタイプではなかった。

じゃどうして付きあってきたのかって？

一つには漆坂がウソを言わない男だったからかも知れない。わたしのように海外で生活している人間には、いろいろな誘惑が多いのである。

しかし漆坂は、そういう日本人とははっきり違っていた。

この年、八三年のF1スケジュールは、第四戦がサンマリノGPで、翌第五戦がモナコGPだった。それでわたしは無理かなと思ったが、あることを漆坂に頼んでみた。

「わたし一度でいいから、モナコGPで見たいものがあるんですけど」

「モナコＧＰなんか、ミラノからすぐじゃないか。いつだって見れるだろう」

「そうじゃないの。モナコＧＰの後夜祭のパーティーを見たいんです」

モナコ王室主催の晩餐会《ばんさんかい》であるモナコＧＰの後夜祭は、いわば観光立国モナコが、ヨーロッパ中の王侯貴族を招いて行うパーティーで、そこに出入りするのは超一流のエスタブリッシュメントばかりだった。

そういう席だから、たとえハンダモーターズがＦ１に復帰したといっても、日本の成り上がり企業の重役など歯牙《しが》にもかけられないことはわかっていた。わかっていて頼んでみたのは、内心ではあまり期待していなかったし、漆坂を試してみたいという気持もあったからだった。

漆坂はすこし考えてからＯＫした。

ここまではなにごとにつけ安請け合いする、ほかの日本人ビジネスマンと一緒だった。ところが漆坂は、引き受けるとすぐわたしが着用するイブニング・ドレスまで用意して、モナコＧＰの正式招待状を送ってくれたのである。わたし、ちょっとクラクラッときた。

しかも、言うことが、

「欧米のパーティーでは女性同伴がエチケットだから、本当はこういう席に気後れしない女性を探していたんだよ」

と。外交官の娘……だったから、わたしは華やかなパーティーには慣れていたし、請け合った以上はそういうふうにわたしをくすぐり、負担をかけないように気を遣ってくれたのである。

繊細さプラス行動力——。単に頭がいいだけじゃない漆坂の魅力は、一言で言えばそんな感じかな。

透明な水晶のような男。

モナコGPは、この国にとって最大のお祭りだけに、いいホテルは毎年訪れる常連客が十年先まで予約を押さえ、普通のペンションでもGP期間中は満杯だった。それを漆坂は、五つ星のホテルを二室も確保し、しかも予選のときは大型クルーザーまで借り切りで用意していた。

市街地サーキットとして有名なモナコGPは、そのコースが海岸線に沿った一般路を使っているため海の上から一望できる。だから欧米人にとっては海上の大型クルーザーからレースを眺めるのが、晩餐会に出席するのとは別の意味で、一つのステータスになっていた。

結局このモナコGPで、わたしはヨーロッパの多くの人たちが憧《あこが》れる二つの夢を、漆坂のおかげで一度に満たしたことになる。

それだけしてくれたのだから、わたしもある程度のことは覚悟していた。

まさか相手になんの見返りもないのに、自分だけこんな夢見心地が味わえると思うほど、わたしはミーハーではないつもりだった。

だけど漆坂は四日間いたモナコのホテルで、最初の夜も二日目の夜も、まったくそんな素振りを見せなかった。ひょっとしたら、漆坂は女性に興味を示さないタイプなんじゃないかと、思ったくらいである。

そこでわたしの、なんでも体験してやろうという悪い性格が頭をもたげてきた。

一夜、漆坂に言って晩餐会を途中で切り上げ、午前一時頃に一緒にホテルへ帰ったわたしは、その足で前日買っておいたドン・ペリニヨンを持って、漆坂の部屋を訪れた。

女が深夜、一人でいる男の部屋を訪れるのである。当然わたしはその覚悟をしてノックをした。

「お、ドンペリか」

下着のシャツ姿で、ドアのところへ出てきた漆坂が目を輝かせた。

「モナコで精一杯愉しい思いをさせてもらったお礼に、一緒に飲みたいと思って買っておいたのよ」

「大歓迎だ。ドンペリというのは、銀座では一本十万円はするシャンパンだからな。滅多に飲めない代物だよ」

「乾杯！」

わたしたちは地中海を望むホテルの部屋で、ナトリウム灯に照らされたハーバーの、ヨットの帆が林立する景色を眺めながら、長い時間をかけて芳醇《ほうじゅん》なシャンパンの香りを愉しんだ。こんな時間をすぐに終わらせたらもったいない。本当にそんな感じであった。

そうしてようやく東の空が白みはじめた頃、わたしは漆坂に身をまかせた。

「ね、して」

わたしは自分から漆坂に求めていった。

事前にひょっとして漆坂は、女性に興味を示さない男かもしれないと思っていたが、そんなことは杞憂だった。筋肉質の漆坂は、上手に舌と指を使ってたっぷりとわたしを前戯で燃えさせておいて、力強く体の中心に入ってきた。

地中海を渡ってくる、湿気を帯びた熱い風が裸の体に貼《は》りついて、まるでクルーザーに乗っているような小刻みな揺れに襲われ、わたしは何度も頂上に達した。

行為が終わってから、浮遊感に身をまかせながら、わたしは漆坂に聞いてみた。

「ね、どうしてわたしみたいなバカな女に親切にしてくれるの」

「おれはバカな女とは付きあわないよ」

「でもわたし、そんなにお利口じゃないでしょう」

「アイリーンには気位の高さがある」

「キグライ?」

「要するに志とでもいうのかな。志が高いか低いかで人間の価値は決まる。おれは気位のないやつって嫌いなんだよ。アイリーンは中途半端に妥協したくないから、フリーターをしているんだろう。最近の日本人は男も女もそういう気位の高さがなくなった。時流には簡単に流されるし、大きいものには巻かれるし、なんでも妥協する。そういうやつばっかりだ。おれの周りにも大勢いるけどな」

漆坂はそんなふうに言った。

わたしはなんとなく嬉《うれ》しくなった。漆坂の言葉は完全に理解できたわけではないけれど、言わんとすることはわかるような気がした。

わたし自身日系人だったから、日本人にすぐにへんな目で見られた。そういう人たちを見返したい、みんなにバカにされてたまるかという一心で、突っ張って生きてきたつもりだった。だから漆坂に、お前は気位が高いと言われたのは、なんだかすごく褒められた気がして嬉しかったのである。

わたしが漆坂と再び出会ったのは、それから一年後だった。

場所はアメリカのオハイオ州メアリスビル。そう、半田自動車がアメリカに建設したハンダオブアメリカマニファクチュアリングの町である。

わたしは漆坂と別れたあと、気位を高く生きろという彼の言葉に励まされて、学生時代にちょっとかじった写真の勉強をやり直し、そして運よくアメリカの通信社に就職したばかりだった。

一方の漆坂は、半田自動車常務のままハンダオブアメリカの社長として出向、アメリカに赴任した直後であった。そしてわたしが取材で訪れた、ハンダオブアメリカの社長室で、このときもやはり偶然再会したというわけである。

「へえッ、しばらく見ない間に、カメラマンの恰好《かっこう》が板についたじゃないか」

漆坂は照れ臭さを隠すようにぶっきらぼうに言った。

「やがて男性ヌードにも挑戦しようと思っているのよ。そのときはよろしくね」

「よせやい。そんな趣味はねえよ」

わたしたちは久し振りの再会に、すっかり打ち解けてくつろいだ。モナコの一夜、たった一回きりの関係だったが、その後お互い日本とイタリアに離れて暮らしていたため、かえって親密感が増したような感じだった。

撮影の仕事を終え、漆坂の社長室に別れの挨拶《あいさつ》に行ったわたしに、ウインクをしながら言った。

「たまには遊びにこいよ」

「本当？　わたし、あなたの邪魔をする気は毛頭ないから、ときどき会ってくれたら嬉しいなと思っていたの」

だけどすぐに会うのはときどき……ではなくなった。

わたしは半年後には通信社をやめ、独立してメアリスビルにスタジオを構えた。ハンダオブアメリカの工場で、生産ラインなどの記録写真を撮っていたカメラマンがやめたため、その後釜《あとがま》として漆坂の推薦で入ることになったからである。

わたしはメアリスビル市内に、スタジオ兼用の一戸建てを借りて仕事をはじめた。

そして気の向いたときに漆坂のホームを訪れ、わたしの手料理をご馳走《ちそう》するという関係になった。一見、愛人が単身赴任の男のもとへ通うという感じだったが、そんなんじゃない。

わたしは漆坂の愛人になるつもりなんて毛頭なかったし、漆坂もそういう立場をわたしに望んではいなかった。お互いに自分を高め合うために付きあう……という、暗黙の前提条件で交際していたのである。

もともとハンダオブアメリカは、半田自動車が四輪車部門での生き残り策として設立した米国工場だった。

半田自動車は、二輪車では世界ナンバーワンのメーカーでも、四輪車では相変わらず国内で三位から五位の間を行ったりきたりの状態で、その決定的な原因は名古屋自動車、東邦自動車に較べて販売網がかなり弱かったことである。

その半田自動車が、いわば乾坤《けんこん》一擲《いってき》の勝負に出たのが対米進出であり、それだけに本社の意気込みも相当なものだったらしい。

プリンスといわれ、文字通りのエースである漆坂がハンダオブアメリカの社長に投入されたのも、そういう背景があったわけである。とにかく半田自動車は、他の日本メーカーに先駆けて米国進出を決め、進出後も積極的に設備投資を行ってきた。

そのためハンダオブアメリカは、漆坂が社長をしていた四年間で、年間生産能力が十五万台から三十六万台へ二・五倍に拡大し、従業員も二千人から七千人へと急膨張した。

こうした現地生産の取り組みの成果で、半田自動車はアメリカ市場で、国産メーカー系としては質量ともに最強最大を誇るまでになったのだから、大変なものである。このハンダオブアメリカの成功が、時代の流れにのったものなのか、漆坂の経営能力によるものかは、わたしにはわからない。

った。

でも漆坂が嬉々《きき》として、ハンダオブアメリカの社長を務めていたことだけは間違いなかった。

漆坂の性格は、非常に合理的でクール、理論家で、物事を割り切って進めるタイプだったから、たとえば日本では阿吽《あうん》の呼吸とか、以心伝心という言葉があるが、そういう一種の腹芸ができない。できないというより性格的に嫌いだった。

その意味では、アメリカの企業土壌は漆坂の肌に合っていたともいえる。

もともとトップと現場は一線を画し、経営者は超然とした存在でなければならないという考えの持ち主だったから、アメリカ人のワーカーにもその姿勢が理解されやすかった。

とかく日本人は、アメリカなどに進出した工場で、幹部が現場に下りていくのをアメリカ人ワーカーは喜んでいると受け止めているようだが、あれはまったくのウソ。マスコミのでっち上げである。もともとそういう土壌が向こうのワーカーにはないのである。だから戸惑ってする愛想笑いを「歓迎している」と受け止めているだけ。

漆坂はそういう日本的な浪花節経営を持ち込む日本人管理職とは、一味違っていた。

それでいてオハイオ工場の従業員にたいして、半田自動車の企業理念を「ハンダウエー」という英語の小冊子にまとめて周知徹底させた。やり方がスマートだし、じつに理にかなってる。

漆坂は自分が英語を自由に操れるということから、アメリカのコミュニティにも積極的に顔を出した。

「発進する人でなければ、アメリカ人に理解してもらえないからな」

言いながら漆坂は四年の在米期間中、米国内で六十回以上も講演をして回った。

わたしは自分が日系人で、海外の現地日本人社会からも、一方現地の人たちとも等距離の立場にあったから、そういうことがいかに大切か、そしていかに大変かよくわかるのである。

逆に言えばこういうことをどんどんやった漆坂は、すべての面で国際的なスケールを持っていたのだと思う。

だからハンダオブアメリカが開く記者会見は、いつも大勢の外国人記者が集まった。ハンダの二輪車はもとより、ハンダのアッパーやキュービックがアメリカ市場でよく売れたのも、相手の中へどんどん入っていき、かつ相手を受け入れるハンダの自由闊達《かったつ》な雰囲気に加え、漆坂がアメリカの地域とマスコミに果たした役割が大きかったのだとわたしは思っている。

漆坂はハンダオブアメリカの社長に就任したとき、半田自動車の社内外から「これで将来の社長間違いなし」と言われた。半田自動車が死活を賭けて取り組んだハンダオブアメリカをまかされたのだから、それは当然の評価として受け止められたのだった。

そして漆坂は期待に応えた。

漆坂は将来の社長の椅子を決定的なものとして、昭和六十三年に意気揚々と凱旋《がいせん》帰国。翌平成元年六月、晴れて本社の専務に就任したのだった。

三

わたしは何度も言うように日系人で、だからみんなにバカにされたくないという気持が、すこし強すぎるところがあった。

一方の漆坂も負けず嫌いで、ライバルには絶対に負けたくない一心で頑張る。なんというか肩肘《かたひじ》張らずにごく普通にやっていても、誰もなんとも言わないし、またそれでも人よりは仕事ができ、評価されるだけの力はあるのに、それでは自分が納得できない。

だから無意識のうちに誰かライバルを見つけ、その人よりすこしでも前を歩こう、評価されようとして、ついつい頑張りすぎてしまう。そういう漆坂の性格は、ある意味でわたしの性格でもあった。

その共通する部分がわかるだけに、必要以上に努力する姿勢にたいして、つい応援したくなるのだった。

漆坂がいなくなると、メアリスビルはわたしにとってまったくつまらない町になった。すこし車を走らせると、延々とした麦畑が地平線の向こうまでつらなる、アメリカのどこにでもある普通の農村地帯になってしまったのである。

メアリスビルでの漆坂とは、肉体関係でいうとそれほど濃密な時間をすごしたわけではなかった。

セックスをするのは三回会って一回ぐらい。なぜそうだったかというとお互いに負けず嫌いで、鼻持ちならない男と、気性が激しく可愛げのない女の組み合わせだったから、二人きりで会っても一緒にいる間中、わたしはずっと漆坂と闘っている感じだった。会っていることが戦争だったから、漆坂とデートしたあとはいつもガックリと疲れた。

それでいてなぜか漆坂のそばにいるだけで安心できた。彼に刺激される、自分の中の緊張感を心地よく感じることができた。

それはたぶん漆坂も同じだったと思う。

「アイリーンとは、しゃべっていてもセックスをしてもとにかく疲れるナ。だけど疲れない会話やセックスならしないほうがいいんだ。人間は刺激があるから疲れるんだし、疲れるから楽しいんだ。アイリーンと一緒にいると疲れるけど楽しいよ」

漆坂はそんなふうに言い、忙しい社業の合い間を縫って、あちこちにわたしを連れていってくれた。

F1のフェニックスGPにも行ったし、ロッキー山脈の麓《ふもと》の別荘でバカンスを楽しんだこともある。ストレスがたまるとハンダの大型オートバイに跨《また》がり、二人でアリゾナの砂漠地帯をツーリングしたこともあった。

それだけに漆坂が日本へかえってしまったメアリスビルなんて、わたしにはなんの意味もなかった。

わたしは漆坂が帰国して一カ月もしないうちにメアリスビルを引き払い、あとを追いかけて日本へ移った。もちろん漆坂には一言も相談しなかった。相談してもどうせ「勝手にしろ」と言われるのはわかっていたからである。

ただし東京で三十に近い混血の女が、自分の気位を保持してすぐに就職できるようなところは、簡単に探せなかった。止むなくわたしはプライドにこだわらず手っ取り早く、六本木の小さな会員制の高級クラブに勤めることにした。

「これなら一人できて飲むのに、ちょうどいいな」

漆坂はわたしが連絡を入れると、二、三日して顔を出し、そんなふうに言った。

もともと漆坂はアルコールにそれほど強くはないにしても、まったく飲めないわけではなかった。ただすこしでも飲むというと日本では、マスコミや関係業界の人たちとの付きあいで、際限なく飲まされるからと、ずっと下戸で通していた。

あまり目立たない、それでいて品のいい店なら、漆坂もきっと気に入ってくれるはずだと考えたわたしの読みがぴったり当たったんだからわたしは思わずにんまりした。

「日本でのお仕事、忙しいの」

「忙しいというより、アメリカにいたときと較べて、量的に違うんだよ」

「でも顔色はそんなに悪くないよ」

本当は肌に艶《つや》がなくなっているなと感じたのに、わたしはその逆の言い方をした。

「ちょっと最近食欲がなくてね。正直なところ、日本に帰ってきてカルチャーショックを受けているよ」

漆坂が女の前で弱音を吐くのを、わたしはこのとき初めて見たような気がした。

「カルチャーショックなの？」

「アメリカ社会はすべて物事は理屈で進む。いまアメリカが日本との関係に苛立《いらだ》っているのは、日米の経済関係全般が、自分たちの理屈通りに動いていないからなんだ。ぼくにしても理屈で説明のつくことなら、なにをするのでも耐えられるが、説明のつかない仕事が多過ぎるよ」

――

半田自動車本社へ戻った漆坂は、たぶん将来の社長……というよりも、もっとさし迫った次期社長への布石という含みもあって、それまでの研究開発現場を離れ、労務や人事も含めた生産・品質管理などの、管理部門担当専務に就任していた。

「マスコミの夜討ち朝駆けも困るね。自宅に押しかけてくるんだが、そういう時間は本来プライベートタイムだろう。なんでやつらは時間かまわず、平気で人の家に上がりこんでくるのかね」

「マスコミの人たち、自分が相手の立場だったらいやだなって思わないのね」

「有名人にはプライバシーなんてないと思っているのは、日本のマスコミだけだよ。とにかく、あんな次元の低いやつらにもお愛想を言わなきゃいけないいなんて、おれには耐えられないな」

「でもしょうがないいんじゃない」

「そう。そういうのは日本のカルチャーとして認めなきゃいけない。だけど認めるには時間がかかりそうだな」

漆坂にしてみれば、機械や設計図相手の現場とは百八十度も違う人間相手の、それもマスコミや労組幹部など、一癖も二癖もある人たちに接触する担当部署だけに、人には言えないストレスもあったのだろう。

この時期漆坂は、ひとりこっそりわたしの四谷のマンションを訪れては、積もった愚痴の捌《は》け口を求めていた。

でもそうした苦悩も漆坂にとっては、次期社長を確定させるための踏み絵なのだとわたしは思っていた。

それを乗り越えなければ、もちろん半田自動車の社長の椅子は覚《おぼ》つかないし、漆坂もそう覚悟していたはずなのである。だから愚痴はわたしの前だけにして、表向きは相変わらず元気な青年経営者そのものとして、元気に動き回っていた。

そして労務・管理担当専務としての仕事も十分こなし、漆坂の次期社長説はますます確固たるものになりつつあった。

わたしの、肉体関係のある女の贔屓《ひいき》目でもなんでもない。誰が見ても公平に判断して、やはり半田自動車の次期社長は漆坂で決まりというのが、衆目の一致した見方だったのである。漆坂以外に次期社長のつとまる人材はいなかった。

漆坂はF1エンジンの主任研究員だったとき、創業者の半田伝次郎《でんじろう》からじきじきに技術者魂を叩《たた》きこまれ、その期待に応えてきた。

その伝次郎から、半田の技術者でかつて一度しか頭を殴られなかったのは、漆坂一人だったという伝説がある。逆な言い方をすると漆坂をもってしても一度は殴られた半田伝次郎という、名経営者に彼は目をかけられてきた。

そしてその伝次郎の後を継いだ若い国島肇《くにしまはじめ》が社長のときに、漆坂は最年少取締役に抜擢《ばってき》されている。

創業社長の半田伝次郎と二代目社長の国島という、漆坂は二代にわたるトップの支持を得、しかも与えられた職責を完全にまっとうしてきたのだから、常識的に見て国島の後を継いだ宇品一成《うじなかずなり》社長のつぎ、「ポスト宇品は漆坂」と考えるしかなかった。

ちなみに当時の新聞にはつぎのように書かれている。

「日本人で初めて、米国自動車工業会の理事に就任した半田自動車の漆坂正一郎常務（四十八）が、四年間の米国駐在を終え六月末に帰国する。生産関係の責任者だった副社長、専務が揃《そろ》って退任する後を埋める形で、生産・品質管理部門を統括することになる。早くから次期社長候補の一人とみられていたうえ、米国での成果を背景に全社を見渡すポストに就くのだから、『社長業の勉強では』との声が出るのも当然だろう」

当時宇品社長は五十六歳。昭和五十八年十月に国島前社長からバトンを受けついだとき、「十年間は社長をやってほしい」と言い渡されたのは有名な話だった。

だけど宇品さん自身は常々「当時の十年はいまでいうと六年。それほど時代の変化は速い」と周辺に洩《も》らしていた。

となると仮に宇品社長の存在を三期六年と仮定し、昭和六十四年（平成元年）十月が退任の時期になるし、決算期が変更になったことを考えキリのいいタイミングをはかると、平成二年五月がもう一つの目安となる……などという予想を立てた新聞もあった。

いずれにしろ、次期体制へのバトンタッチを考えた布石として、漆坂がアメリカから呼び戻されたという見方が圧倒的だったし、漆坂自身、そう思っていたに違いなかった。

四

ただし、まったく不安がなかったかというと、そうでもない。

漆坂の数すくないブレーンで、秘書課長の前川静夫《しずお》があるとき語ってくれたところによれば、漆坂の同期入社でもう一人、将来を嘱望された島本伸一《しまもとしんいち》がいたからである。

島本は東北大学大学院の精密工学研究科を修了して、漆坂と同じ昭和三十八年四月に半田自動車研究所に入社している。大学院を出ていることからもわかるように、年齢は漆坂より四歳年上だった。

「しかし、まあ社内での昇進ペースは、つねに漆坂さんが島本専務を先行する形できているから、だいじょうぶだとは思いますがね」

前川は自分のボスを自慢するかのように、わたしによくそんな話をしていた。

ただ周囲が間違いないと評価をすればするほど、当事者たちは欠点や不利な面を探したくなるもので、前川も漆坂と一緒に店へきたときなど、島本と漆坂の昇進ペースやキャリアを茶化すようにして話し合っていた。

「なんだかんだいっても、漆坂さんは現に筆頭専務ですからね、社長候補の最右翼にいることだけは間違いありませんよ」

わたしは控え目に黙って聞いていたんだけど、その前川の言葉が気になってすこし質問してみた。

「年齢的にはどうなの。島本専務のほうが四歳年上なんでしょう」

「それも気にしなくていい。だって二代目の国島さんが社長に就任したのは、わずか四十五歳のときだった。宇品さんも社長就任はたしか五十一だったでしょう」

前川が顔を上げて漆坂に同意を求める。

「そう。五十一歳だったな」

漆坂がうなずいた。

「すると、もし宇品さんが来年社長の座をバトンタッチするとして、そのとき漆坂さんは五十歳、島本専務は五十四歳になってしまいますからね。多くの企業で経営者の大胆な若返りが行われているとき、半田自動車が五十四歳の島本さんを社長に起用したんじゃ、時代に逆行することになる」

「ハンダの社長さんって、みんなそんなに若くして就任しているの」

「そう。キープヤングは伝統だからね」

どう考えても死角がない――前川は、いつも胸を張ってそう結論づけていた。だから自分のボスの前で、その弱点をあげつらっても叱《しか》られなかったし、むしろそういう姿勢は、漆坂の社長就任に自信があるからとれる言動のように思われた。

でも本当にだいじょうぶなのだろうか。

わたしは漆坂と前川が自信を見せれば見せるほど、逆に心配になっていた。

理由はよくわからないけど、第一に漆坂のブレーンが非常にすくなかったことである。たとえば漆坂がわたしの店につれてくるのは、いつも前川だけだったし、うち以外の店で飲んでいるという話もきかなかった。

漆坂が昔からつるんで飲み歩くのが大嫌いなことぐらいは知っている。

でも取締役や常務ならいざ知らず、専務から社長になろうという段階では、やっぱりそういうものが必要なのではないかと思ってしまう。

半田自動車はそういうきわめて日本的な人間関係を排除して、創業者である伝次郎の求心力で大きくなったと言われているけど、それだって半田伝次郎という偉大な創業経営者が現に存在していて、睨《にら》みを効かせていたからこそできたことだと思うわけ。

伝次郎はいまや経営の第一線から離れて、かなり体が弱っていると聞いているし、そうなるといくら戦後の合理主義で急成長した半田自動車といえども、普通の大企業と同様に、派閥もできれば情実人事も行われるようになるんじゃないかしら。

つまり専務までは通用した漆坂の、クールで理詰めな合理主義精神が、いざ社長の椅子を前にすると、疎《うと》んじられるんじゃないかと、そのことに漆坂がやっと気付き、悩みはじめた。漆坂はいま悩んでいる――

わたしにはそう思えてならないのである。

わたしがそんなことを考える個人的な理由が一つあった。この頃は漆坂とのベッドで、わたしあまり感じなくなってきていた。セックスの手順は昔と変わらなかった。外国生活が長いせいか愛撫も丹念で前戯に手抜きはなかった。行為でもわたしが一番好む正常位で果たしてくれる。

だが多分漆坂も、射精での絶頂感をこの頃は堪能していないのではないかと、そんなことを感じることがある。

いらいらしてどこか醒《さ》めていた。

わたしにもわからないではなかった。男が長い人生を賭《か》けてきた社長のポストが、いま目の前にあるのである。何事にも酔えなくなってあたりまえだった。しかし漆坂だけは違うはずだと思っていた。普通の男ではないはずなのである。普通の男と同じだったら、魅力もなにもなかった。

漆坂はわたしと出会った十年前と、すべての点ですこしも変わっていなかった。相変わらず若々しいし、青臭いし合理主義者で自分の理屈にこだわっていた。

しかしそれは外見上のことだけのようにわたしには思えた。

実際には昔とすこしも変わらなかったら、三万人もの従業員を抱え、世界的に名前の知れた巨大企業のトップになれるはずがない。変わって当たりまえだったが、わたしが皮膚で感じた変化はあまりにも通俗的であり過ぎた。漆坂の本当の魅力は、目くるめく非常識さにあった。

日本的な文化土壌を拒否しようとする頑固さに、女を陶酔させる根っこがあった。そういうものがいま、漆坂から感じられなくなってきていた。しかしそれはわたしの女の杞憂に過ぎないのかも知れない。そう思おうとわたしは努力するしかない——

「え、なに。もっとはっきり言ってよ。よく聞こえないわ」

わたしは受話器の向こうでぼそぼそという前川に向かって、大きな声を上げた。

「だから、つぎの社長には島本さんが決まったんですよ」

前川によれば、宇品社長の後継者は島本専務で、漆坂と営業担当の吉邦秀久《よしくにひでひさ》専務の二人が、揃って副社長に就任するという、トロイカ体制になったということだった。

「正一郎さん、社長になれなかったの……」

わたしは自分の悪い予感が的中したのを知って、立ちくらみのように目の前が真っ暗になる思いがした。

あれだけ次期社長の椅子は、自分以外にないんだと自負していた負けず嫌いの漆坂が、いま、どんな気持でいるだろうかと考えると、とても他人事《ひとごと》とは思えなかった。

「いやぁ、こんな結末になるとは正直いって、これっぽっちも予想していなかった」

その夜、午前零時を回ってから漆坂から電話で呼び出され、駆けつけたホテルの一室で、漆坂は見た目にもがっくりと肩を落とし、力のない笑顔を向けた。もう数時間も前から一人でヤケ酒を飲んでいるのか、スイートルームの応接セットのテーブルの上には、三分の一ほどに中身が減ったコニャックのボトルが載っていた。

わたしはなんと慰めていいのか、言葉を失って、ただ漆坂を見つめるしかなかった。

「結局、大企業になって、うちも平凡な会社になってきたということかな」

「そうなの……」

「バランス感覚のほうを選んだというわけさ」

「口惜しいわね」

「宇品さんはおれを別室に呼んで、こう言った」

漆坂はわたしに、後継者に島本を指名した宇品社長の話をはじめた。

それによるといまは国内販売が極端に落ちていること。この国内販売を建て直すには、同じ研究開発畑の出身でも、ずっと国内にいた島本のほうが販売店との接触も深く、やりやすいのではと判断したこと。

さらに島本は今年五十四歳で、社長に就任するには今回が最後のチャンスだが、漆坂はまだ五十歳、島本が二期四年務めて国内販売を軌道に乗せたあとでバトンを受けついでも、まだ十分二、三期は社長を務められるといったことを指摘されたというのだった。

「じゃやっぱり年齢が、宇品さんの最終的な判断材料になったわけ？」

「そこまではっきりとは言わなかった。だけど現在のハンダおよび当面のハンダを考えたとき、とりあえず島本君かなという結論に達したということらしい」

「それ、どういうこと？」

「記者会見で新聞記者の質問を受けて答えた宇品さんの話だと、島本とおれ、それに吉邦の三人は、いずれも異なる個性を持っているんだそうだ。島本は勇気、おれは知能派、吉邦は仁者ふうなんだそうだよ。それで島本は直観力が非常に鋭い。物事を直観的に見抜く力がある。漆坂はいろんな人の意見を聞き、どの意見が正しいのかを見極めた上で決断するタイプ。それを宇品流に言えば知能派というんだそうだ。吉邦は人を惹《ひ》きつける魅力があると言っていた」

聞いていてわたしは、なんとなくとってつけた理屈のような気がしてならなかった。だけどそういう印象をもっとも強く感じているのは、ほかならぬ漆坂自身に違いなかった。

「結局、どうするの？」

「いっそのことやめようかと思わないでもないがね」

「会社をやめるって！」

わたしは息をつめて漆坂を見上げた。

「しかし、ここでやめたら、いかにも子どもっぽいと言われそうで、社長になれなかったから腹を立ててやめたって、そうだろう。だからやっとのことで我慢をして帰ってきたんだ」

「そうよ。人生の勝負は終わったわけじゃないわ」

わたしは強い調子で言った。

ライバルに後継社長のポストを奪われ、その屈辱に耐えて辛うじて戻ってきた漆坂にたいして、ほかに言うべき言葉はなかった。

しかし仮に島本が、計算通り二期四年間社長を務めたとして、その四年間を漆坂が女房役の副社長でおとなしく納っていられるかどうか。結局漆坂が島本に敗けたのは、そういう日本的な経営土壌にみずから妥協していった結果のように思えた。

むしろカルチャーショックを正面に見据えて、合理主義者として超然としているべきではなかったか。そうであったらかえって宇品も漆坂を外した次期社長の人事には、踏み切らなかったのではなかったか。

わたしがそう思ったとき漆坂は、いかにも漆坂らしくないことを言った。

「あと四年間、とにかく副社長として一生懸命やる。そして外見は大企業でも中身はいぜんとして中小企業体質の半田自動車を、名実ともに世界に誇れる国際企業に生まれ変わらせる。その後でおれが社長になる」

漆坂はびっくりするような大声で言って、フラつく足で立ち上がるとそのままベッドに崩れ落ち、大きないびきをかいて眠りこんだのだった。

島本が新社長に就任してから一年が経過した。この間、島本が社長に就任した直後の平成二年九月に、半田自動車は世界トップレベルの本格的スポーツカーMHXを新発売し、翌三年五月には軽乗用車でフルオープンのビーンも発売。

ハンダらしい先鋭的な車作りが復活したとして、沈滞気味だった国内でのハンダ人気に復活の兆しが見られはじめた。

MHXは三リットル、二百八十馬力の高回転エンジンを、徹底的に軽量化を図り、オールアルミボディで包みこんだ本格ミッドシップスポーツカーで、スタイルもスーパーカーみたいな感じ。国産車としては破格の八百万円だというのに、まだバブル景気が華やかな頃だったから発売開始一週間目で、一年分の受注残を記録するほどの人気になった。

もう一台のビーンも軽乗用車で初のフルオープン、エンジンも同じく軽乗用車初のミッドシップという贅沢《ぜいたく》なレイアウトで、軽としては破格の百五十万円もの値段がつけられたのに、やはり大きな話題になった。

一方で創業者の伝次郎が死んで、ハンダは社内改革で大企業病からようやく脱して、先行きに曉光が見えてきたと、経済誌でもおおむね島本新体制を評価しはじめた。

だけど島本体制が評価されればされるほど、漆坂の気持ちは落ち込んでいった。

見ていてわたしには懸命に外見をとりつくろっているだけに、漆坂の落ちこみようがよくわかっていた。

「わたしミラノへ帰ろうかと思うの」

わたしは漆坂に言ってみた。

「なに、ぼくを捨てるっていうのか」

たいして飲めないし、飲んでも酔えない酒に濁った目で、漆坂が怒ったように言った。

「結婚したいのよ。三十五までにはね」

「ばかばかしい。そんなの通俗的すぎる」

漆坂が吐き出すように言った。

「でも女ですものね」

「プライドを捨てるのか？」

「正一郎さんはどうなの。気位の高さをいまも人前で誇れる？」

わたしは正面から漆坂の目を覗きこんで言った。漆坂は答えなかった。そしてしばらくして「今夜、ファックしようぜ」と言ったのである。

かつてファックなどというスラングを口にしたことのない漆坂の言葉に、だがわたしは思わず微笑していた。漆坂もやっとここまで言えるようになった。それがいいか悪いかではなく、ファックと言った漆坂の意識に、わたしは男の澱《よど》んだ野性といったものを強く感じた。

とうとう島本体制に、がまんできなくなったなということである。

漆坂のようなタイプの男にとって、屈辱は一回限りでなければならない。一回限りというのは後継社長のバトンを渡されなかった瞬間。それで終わるべきだった。

だがそうはならなかった。

ハンダに入社以来、つねにマスコミのスポットライトを浴び、記者会見で質問の中心に座ってきた漆坂にとって、MHXとビーン成功の功績を独り占めに、マスコミで躍る島本の姿は、いったいなんだという気持ちでしか見られなかったはずだった。

——なにかするつもりだなというのが、わたしの感想だった。しかし漆坂にできること、選択肢は決して多くない。

思い詰めた表情で漆坂が店にきたのが、つい一カ月前だった。

「どうしたの」

わたしは漆坂がなにかを話したがっている気配を感じ、水を向けた。

「うちにも派閥があった」

漆坂は水割りを一息で飲んだあと、苦しげに絞り出すような口調で言った。

「でも派閥がないのがハンダのいいところだって、前川さんも言ってたじゃない」

「おれが社長になれなかったのは、要するに弱者連合軍という派閥に負けたわけなんだぞうだよ」

「え、弱者連合軍という派閥？」

「前社長の宇品一成さんは、あのときおれを社長室に呼んで、ハンダはいま国内販売が決定的に弱い。これを整備するための島本体制だから、二期だけ辛抱してくれ。協力を頼むと弁解がましく説明したんだ」

「実際はどうだったの」

「確かに国内販売は弱い。これがハンダのアキレス腱であることは間違いない」

「でも島本さんって、ずっと研究開発の担当だったんでしょう。どうして国内販売が島本さんでなきゃいけなかったの」

「島本さんじゃなかった。島本体制で会長になった芹沢正三郎《せりざわしょうざぶろう》だった」

「芹沢さんって？……」

芹沢は宇品社長時代の副社長で、外部にはあまり知られていなかったが、内部の人たちによれば半田自動車の販売の神さまとでも言うべき、いわばハンダの国内販売網を整備した立役者だった。

「なんの利害関係もないように見せかけて、宇品前社長に漆坂後継では不安があるって、よってたかってご注進におよんで足を引っぱったっていう構図さ」

「でもそんなことで島本さんを選ぶなんて、宇品さんも二流経営者ね」

「二流の経営者は三流の後継者を選ぶんだ。そうすれば後継社長の評価が自分を上回ることは絶対にない。紛れもない事実は宇品さんが社長のとき、半田自動車は経営的に大きく行きつかえた。これは周知のことだからな」

わたしだけを相手にした漆坂のいつもの愚痴だった。このごろは二人で会っていると、透明な水晶のような男……と思っていた漆坂のイメージが、どす黒く曇るようなじくじくした愚痴が多くなった。それだけ漆坂は日本のカルチャーに馴染《なじ》んだということでもある。

「宇品も島本や芹沢や吉邦も、要するにあいつらはその程度の次元で、ハンダの経営を考えていたということだな。それに気付かず、おれは身も心も削るような思いで一生懸命、新しい体制に同調してきた。お笑いもいいところだぜ」

漆坂は自嘲《じちよう》をこめてつづけて言った。

「どうするの」

わたしは息を詰めて聞いた。

「ばかばかしい。こんなことやってられるか。創業者の伝次郎さんだって亡くなったんだし、もう誰に遠慮も気兼ねもすることはないんだ。やめてやるよ」

それだけ言うと、漆坂はまるで水でも飲むように、ブランデーの水割りを一気に空けて、胸のつかえを吐き出すように小さくうなったのだった。

「ばかやろう。勝手にしやがれってんだ」

漆坂のその一言に、わたしはエリートの心のバランスの崩壊を感じた。

――多分
この人は病気なんだ。五十年間の恵まれ過ぎた人生を清算する病気。治療には長い時間がかかるだろうなとそのとき思っていた。

憂い顔

一

近所の聞きこみから戻ってきた、所轄署の三十歳くらいの若い刑事が、騒々しく吠《ほ》える小型の犬を見下ろした。

「この犬、昨夜はどうして吠えなかったんでしょうね」

なおも吠えつづける犬に、うんざりした調子で聞く。

「あら、ジュンちゃん昨夜、吠えなかったんですか」

杏子《きようこ》はソファーに座ったまま、顎《あご》の張った刑事に聞き返した。

「ご近所では誰も、犬の声を聞いていないんです」

「どうしてかしらねえ」

ジュンと呼んでいる、足許《あしもと》のヨークシャーテリアを抱き上げて、杏子は長い毛のかかった犬の顔に聞き返した。

昨夜はお店が終わってから、仲間の三人でスナックへ行って、めいめいカラオケを歌い、京王線烏山《からすやま》のマンションへ帰ったのは、午前一時ちょっと前。室《へや》のロックを開けたとたんに、留守番をさせられていたジュンが、喉《のど》を鳴らしながら足許にからみつき、杏子はそんな犬に声をかけてから、照明のスイッチを入れた。

とたんに室内の異常さを感じた。

首筋を固くして見回すと、狭いベランダに面した三階の室の窓が開いていて、レースのカーテンが風に揺れていた。

はっとして、ほとんど反射的に寝室に飛びこむと、二つある箪笥《たんす》の抽出《ひきだし》のいくつかが荒らされていた。ベッドの上に抽出の中味がぶちまけられたりもしている。

――ドロボーだ。

つぶやいたとたんに怕《こわ》くなった。ひょっとして室内のどこかに、まだ潜んでいるのかもしれない。

杏子はともかく一一〇番を回した。

間もなくパトカーがきて、室内を一通り調べてもらった。トイレにもバスルームにも、泥棒はもういなかったが、買物用の財布に入れていた二万四千円と、指環やネックレス等の装身具、ヒスイの帯留めなどが盗まれていた。

それで今日、改めて所轄署の刑事が二人、被害金額の大きさもあって、事情を聞きにきたものである。

「面識者ということが考えられるな」

頭の禿《は》げ上がった、浅黒い顔の年輩の刑事が言った。

「そうなんですか」

「だって、なれた人には吠えないでしょう」

「ええ……」

「特にこの種の小型犬は、臆病《おくびょう》だからよく吠えるものなんです」

四十の半ばを回った浅黒い顔の刑事は、赤く濁った眼で杏子を覗《のぞ》き上げる。謎をかけているような言い方だった。

「でもわたし、誰が泥棒なのか知りませんけど」

「しかしこの犬になれている人って、そんなに多くはないでしょう」

「そうねェ」

「たとえば離婚された前のご亭主とか、最近つきあっておられて、よくこの室に出入りする方。ま、職業柄いろいろいらっしゃるでしょうけど、男だけではなく、女の知りあいの人もいるんじゃないですか」

「でも刑事さん。三階まで伝い上がってきて、ベランダの窓硝子《ガラス》を割って入ったんですよ。

女の人だとか知ってる人が、そんなことしますか」

「参考のために、この犬になれている人の名前を、教えてくださいよ」

刑事はからみつくような口調で、杏子を見つめたまま言った。

杏子の職業については、昨夜のパトカーの警官にも、「赤坂で芸者をしています」と正直に言っていたから、刑事が知っていても不思議はなかったが、離婚歴まで、いつどうして調べたのか。犯人捜査のためとはいえ、そこまで勝手に調べるのは、行き過ぎではないのかなと杏子は思った。

「離婚の原因はなんですか」

杏子が行き過ぎだと思っているのに、刑事は煙草に火をつけて、なおも突込んできた。

「原因って……」

「つまり原因によっては、前のご亭主がいまもおたくを怨《うら》んでいるとか、そういうこともあるでしょう」

「そんなことありません」

「ない？」

「だって妹に取られちゃったのよわたし。子どもが二人もいるのに」

「は？……」

「わたしってね、運の悪い女なのよ。だから夫を妹に取られちゃったんです。いつでもそうなんだわ」

杏子は最後の言葉を独りでつぶやくように言った。

運の悪い女だと、低く言った杏子の一言のせいかどうか、刑事は急に尋問調の言い方を改め、被害品を再確認するだけで帰っていった。

実際杏子は、自分を運の悪い女だといつも思っていた。お座敷でも冗談まぎれの口調で「わたしはどうしてなのか、運が悪いんですよ」と、格別お客の同情をひこうというのではなかったが、口癖になっている言葉を繰り返した。

「そうか。杏子は運が悪いのか」

面白がって聞き返す客がいる。

「ええ。この商売に入る前にも、財布の中の百円を一枚落としてしまって、拾おうと思ってこごんだら、車をよけて飛び退いた人の下敷になって、腰の骨を折ってしまったんですよ」

「なに、腰の骨を折ったって？」

お客は吹き出しながら聞き返した。

「合計二カ月間も入院して」

実は四年前のその入院中に、二人の子どもの世話もあったから、手伝いにと頼んだ妹と夫の片岡《かたおか》ができてしまって、腹立ちまぎれに杏子は離婚したのだった。

考えてみると、どうにもばかばかしい結末だった。片岡と結婚して八年、子どもまでいて杏子の方には、あわてて離婚しなければならない理由はなかった。妹を追い出して片岡をとっちめてやればいいはずである。そうしなかったのは、入院中の二カ月間に、二人の子どもが妹によくなついていたこと。

それを見て「わたしはいなくてもいいんだ」と杏子は思った。

一方の内心では向こう気が強く、すでに離婚歴のある妹と一緒に暮らしたら、持て余して片岡もすこしはこりるだろうし、杏子の有難味がわかるだろうという、仕返しの思いもあった。

だが二人はいまもうまくやっていた。ばかを見たのは杏子一人。

離婚して芸者になって、といっても子どもの頃からやっていた日本舞踊が役に立ち、踊りの師匠の口利きで、赤坂の料亭・川もとの専属、つまり内芸者として入ったものだったが、なぜか三カ月としないうちに、杏子にスポンサーがついた。

六十七歳になる中堅総合建設会社の会長で、べっ甲縁の眼鏡をかけて、頭はてかてかに光っていた。

「仕度金が百万円で、毎月五十万円のお手当を出してくださるって。そのうちマンションも買ってくださるそうよ」

それまでは五十万円の毎月の手当の内で、どこかに適当なマンションを借りるようにということだった。六十七歳という年齢が引っかかったが、さしあたって杏子に異存はなかった。

「色が白いっていいわね」

川もとのおかみは、杏子の艶《つや》のある衿足《えりあし》を一瞥《いちべつ》し、吐息交じりに言った。

四年前だったから、このときはまだ三十一歳。

いわゆるもち肌という、色白な上に、きめのこまかい潤いのある肌をしていて、実家の母がよく女の七難を隠す美しい肌だと、褒めてくれたものだった。七難を隠してくれても、運の悪さはどうしようもないのかもしれない。それと細面でもみ上げが長く切れ長な眸《め》。鼻筋も通っていて和風美人といったタイプだった。

いま話題の中堅ゼネコンの会長が、あっさりとスポンサーについたのも、美貌《びぼう》と肌の白さのせいに違いなかった。

「仕度金はいつもらえるんですか」

「来週一緒に、熱海へ行くっておっしゃってたから、そのとき下さると思うけど」

おかみが曖昧《あいまい》に言った。

寮と呼んでいる、檜町にある川もと所有のアパートで、杏子たち十人近い内芸者は、一室に二人ずつで暮らしていたが、杏子はすこしでも早く寮を出て、独立して自由に暮らしたかった。そのためにもお金が欲しい。

芸者といっても稼ぎは知れていた。手取りの玉代は杏子で一時間五千円。それに約束代が千円。平均して一晩の実働は四時間から五時間だった。

それで土曜日と日曜、祭日はお休み。

だから一カ月に二十日は働けなかったから、収入も限られてくる。自由なマンション暮らしをしながら、お座敷勤めをつづけていくには、スポンサーがどうしても必要だったが、昔と違って売春の取り締まりが厳しいし、簡単にスポンサーを引き受けてくれるお客は、滅多にいなかった。

そういうなかで、毎月五十万円出してくれる〝会長〟の存在は、ありがたかった。

だがいわゆる新婚旅行、スポンサーと温泉へ行くという直前の日曜日、〝会長〟は行きつけのゴルフ場で、プレー中に脳溢血《のういつけつ》で急死してしまったのである。

「杏子。大変なことになったわよ」

新聞の記事で〝会長〟の急死を知ったおかみは、会社へ電話で確認した後で、寮にいた杏子に言ってきた。グリーン上でカップのボールを拾おうとして、そのまま崩れるように倒れてしまったのだという。

「じゃ仕度金はだめですか」

「だけどまだなにもされたわけじゃないし、お話だけだったんだから、仕方ないわね」

もちろん一ヵ月五十万円のお手当も、なにもかもがそれでパーだった。

杏子はいま急に、自分を運の悪い女だと思いはじめたわけではなかったが、概してこんな調子で、ここというときはほとんど裏目に出る。泥棒に入られたのも、言うならばその延長線上の事件で、運の悪さを嘆く口調には、どうしても思い入れた響きがこもってしまうのだった。

二

「それでどうした」

「いいえそれっきり」

「じゃ泥棒はまだ捕まらないんだな」

「だって社長さん、泥棒に入られたのは三日前ですよ」

床の間を背にして、上体をそり返らせて座っている大鹿明雄《おおがあきお》に、杏子は大袈裟《おおげさ》なしなをつくって言った。

「お店にとって大事なお客さまよ。わかっているわね」

大鹿のお座敷へ入るように言われたとき、杏子はおかみからそう注意されていた。川もとのお客で、はじめてそのお座敷に入る芸者衆に、おかみが大事なお客さまだからと念を押すのは、せいぜい五、六人。

お客には政治家が多い赤坂だったが、お店で特に気を使うお客のなかに、柄の悪い政治家は一人も入っていなかった。

そういうなかで大鹿は、お店の大事なお客なのであった。

川もとの内芸者だからといって、どのお客のお座敷でも、自由に出られるというわけではなかった。なじみの具合やお客の好みがあって、通いの芸者もいれて十七、八人の専属のうちの、誰と誰はどのお客さんのお座敷というふうに決められていた。

変わるのはあるお客についている芸者が休んでいたり、あるいはやめてしまったようなときの後釜《あとがま》と、「あの妓《こ》を入れろよ」と、お客の方から指名があった場合。杏子は大鹿の指名で、半年ほど前から大鹿のお座敷に入るようになり、この頃ではいつも社長室長南《みなみ》沢《ざわ》以下の取り巻きを連れた大鹿の、隣に座ってお酌ができるお気に入りになっていた。

マスコミ業とでもいうのか、テレビや新聞社などの企業グループ、ミツワの二代目社長の大鹿は四十五歳。

慶応大学在学中、サッカー部に所属していたというくらいのスポーツマン。身長一七四センチの筋肉質なハンサムボーイで、以前は銀行に勤めていて、二年前にミツワへ移って社長の椅子を継いだ。

ミツワの社長になってからは、いつまでもサッカーというわけにいかなかったから、もっぱらゴルフ。

なにかの雑誌で「とにかく何よりもゴルフが好きだ」と書かれたことがあった。

しかし土日、祭日はよほどのことがない限り、コースに出てクラブを振っていることは確かだったが、大鹿若社長の最大の趣味は夜の宴席。それも銀座でホステス相手に遊ぶことより、お座敷で気に入った芸者をあげて、好きに騒ぐことだった。

銀行に勤めていたサラリーマン時代には、いくらミツワの二代目だからといって、お茶屋遊びまでは許されなかった。毎晩のように酔って帰ってくる創業者の父が、うらやましかったくらいである。

その父が倒れて、急遽《きゆうきよ》銀行をやめて二代目を継ぐと、とたんになにもかもが自由に許されるようになった。

南沢社長室長以下の、グループ内の取り巻きを連れての宴席は連日だった。芸者の色白な手で注いでもらう晩酌でなければ、愉しくなかったし飲んだ気がしなかった。

やがて仲間ができてきた。

いずれも二代目社長か御曹子《おんぞうし》で、近いうちに創業者の後を継ぐことになっていて、いまその帝王学を修業中だという、身分の似たもの同士。その一人、流通業勢田屋の四代目若社長菅原良一《すがわらりよういち》は、大鹿の高校とそれに慶応時代の同窓で、しかも同じサッカー部に所属、共に茅ヶ崎の有名ゴルフコースのメンバーで、一緒にプレーすることも多かった。

「だいたいにおいてだな」

菅原はそう前置きして切り出すのだった。

「銀座のクラブなんていうのは、いくら高級を唱えていても下品極まりない。どんな身分の客もみんな追い込みで扱って、店にしてもわが家のリビングルームほどもない」

先代から譲り受けた市ケ谷の邸宅は、まさに豪邸と呼ぶにふさわしいものである。

――だから

というのだった。財産があって地位もある男が遊ぶのは、一流花街の料亭に限ると。大手女性下着メーカーの二代目社長も、「銀座など貧乏人からの成り上がりが、嬉《うれ》しがって行くところ」と、勢田屋の菅原に調子を合わせていた。

博多《はかた》のデパートのお坊っちゃん副社長も、大鹿と菅原の仲間の一人だった。

彼等御曹子グループに共通している意識は、自分以外にたいしてはすべて下にしか見ようとしないこと。つまりひとを見下す姿勢であり、たやすくは誰をも認めようとはしない。極端な話、創業者である自分の父親をも、改革対象で旧弊の象徴ぐらいにしか、考えていないということだった。

彼等は創業者や先代の功績を否定してかかることで、みずからの未熟さを覆い隠し、自分が考え出した新規事業の意義を強調する。

なぜか例外なく、会社の社長室をいままでの何倍もの広さにして、飾り立てた。

「二万四千円だって？」

重ねて大鹿が泥棒の話のつづきをした。

「現金は二万四千円でした」

「装身具はどうせ、みんなお客に買ってもらったものだろう」

「いいえ社長さん。自分で買ったものだってありますわよ」

「わかった。おかみを呼んでくれ」

大鹿が仲居に言って、おかみに部厚い熨斗《のし》袋を持ってこさせた。

「二十四万円入っています」

五十歳代半ばのおかみは、そう言って熨斗袋を大鹿に手渡した。受け取った大鹿はちょっと笑いながら、袋の表に泥棒見舞と書き、杏子の前へ投げ出した。

「十倍になって返ってきたぞ」

「え、これ、わたしに？」

投げられた金にびっくりして、杏子は胸に手を当てて聞き返す。言われた通りに帳場から熨斗袋をつくって持ってきたおかみも、思わず大鹿を見上げた。

「社長さん。よろしいんですか」

「出したんだからいいにきまってる」

「けどこんなに……」

「どうってことないさ。川もとの帳場から出た金で、ぼくの懐《ふところ》が痛むわけでもなんでもないからな」

「それはまあ」

「いらんのか」

「いいえ。ありがとうございます」

杏子はあわてる仕種《しぐさ》で熨斗袋を摑《つか》み、押し戴《いただ》いてからおかみを見上げた。

おかみが杏子にゆっくりとうなずいた。

「社長さん。お気を使って頂いて、申し訳ございません」

改めておかみが大鹿に一礼した。

仕掛けとしては大鹿の言う通りだった。杏子にたいする二十四万円の泥棒見舞金は、お店から大鹿への立て替え金になるが、結局ミツワへの請求に書きこまれる。そして支払いをするのは会社、つまりミツワだった。

直接ポケットマネーから出せば、一、二万円であってもその分だけ大鹿の懐が痛むが、川もとに立て替えさせれば、大鹿は一銭の負担もなしに、いい恰好《かっこう》ができた。

「今夜つきあうか」

大鹿が押しかぶせるように言った。

「はい。社長さんの言いなりです」

どこまで本気かわからない。というより若い二代目社長の大鹿なら、杏子でなくても二つ返事である。それだけ逆に大鹿の方も簡単には寝てくれない。

「おい南沢、杏子が言いなりになるって言ったぞ」

「わたしが証人です」

社長室長の南沢が大鹿に調子を合わせた。

「これでどうやら、今夜やれる相手が決まったな」

「嬉《うれ》しいわ社長さん」

杏子はわざと悪ぶった大鹿の言葉に、精一杯な潤いを浮かべた眸で言った。

お客は大鹿と南沢の外に、関連会社の常務と呼ばれている同年輩を加えた三人。芸者は杏子を入れて五人入っていた。そういうなかで杏子一人が二十四万円の泥棒見舞金をもらっていて、その上調子よく粉をかけられたからといって、はしゃぐわけにはいかない。

間もなくギターとアコーデオンの〝楽団〟が入って、大鹿が原語でシャンソンの「ヴァレリー船」を唱い、上機嫌で九時半にお開きになった。おかみと五人の妓たちが、式台で三人の客を見送る。

「なんだ。こないのか」

靴をはいた大鹿が、杏子を見下ろして詰《なじ》るように言った。

「あら。わたしお供していいんですか」

杏子が中腰で聞き返す。玄関前には大鹿の水色のベンツが、ドアを開けて待っていた。

「言いなりだって言ったじゃないか」

「ええ。言いなりです」

「おい。杏子の履物を出してやってくれ」

大鹿は自分の照れを隠すように、下足番に大きな声でいった。

三

南沢たちの取り巻きに囲まれているとき、大鹿がお座敷でいつも得々として喋《しゃべ》るのは、学生時代に自分はいかに女にもてたかということ。銀行に勤めているときも、OLたちから露骨なアタックを受け、標的にされつづけたという自慢話であった。

「キスをしてくれなければ、死んでしまうと言われてね。で仕方なくキスをしてやったら、パンティの中へ手を入れて、触ってくれって言うんだよ。そのつぎは絶対にやってくれって言われる。そうだろう」

「じゃパンティの中へは、手を入れなかったんですか」

「グチョグチョだったりしたら、後で手を洗わなければならないじゃないか」

「もったいないですね」

南沢がわざとらしい吐息で応じる。

「なにが？」

「わたしだったら女性ホルモンの補給に、その手を舐《な》めちゃいますけどね」

薄い髪をなでつけるようにして南沢が言うと、妓《おんな》たちがドッと沸くのだった。

聞いている杏子たちも、そうだろうなと思った。好き嫌いが激しいし、氏素姓のいい分だけわがままだったから、いろいろと癖はありそうである。しかし外見は背も高くいかにも恰好がよかったし、女にもてまくったはずだった。

もてるという点から言うと、学生時代や銀行員だった頃よりも、なに一つとして思い通りにならないことのない、いまの二代目社長としての方が、比較にならないはずなのである。

だがなぜか大鹿は、いまはどうなのかについて、口をつぐんでいた。自慢話として宴席で喋ろうとしない。

「きっといるのよ」

「そりゃ絶対にいるわね」

「一人ってことないかもしれないわよ」

杏子たちは当然大鹿には愛人がいるはずだし、だから社長になってからの武勇伝を口にしないのだと噂《うわさ》し、納得しあっていた。

走り出したベンツのシートで、杏子は大鹿の手を握ってしなだれかかっていった。大鹿は車に乗ってからはなにも言わなかったから、どこへ連れていかれるのかわからない。もちろんどこでもよかったが、まさかカラオケスナックではないだろうなと思っていた。

理想的なコースはホテルである。

――もし

ホテルへ連れていってもらえたら、わたしは何番目の女になるのかしらと、杏子は大鹿のゴルフ灼《や》けのした、浅黒い顔を見上げながら計算した。

計算はしたが何番目の女でもよかった。大鹿と体の縁ができれば、悪くてもマンションの一室ぐらい、買ってもらえるに違いなかった。建設会社の〝会長〟の急死で、一度チャンスを逃してから、取りたてていいことはなにもなかったが、こんどこそという感じがする。

四年間で、あまりいいことがなかったといっても、そこは水商売だったから、眉《まゆ》が細くて切れ長な眸をした憂い顔の杏子に、誘いかけてくるお客もいた。

いま住んでいる、烏山のマンションを借りる権利金は、そういう一人に出してもらったものである。だがせっかく借りたマンションへ、二、三度きただけでそのお客は、ニューヨークの子会社の社長になって、転出していってしまった。

ニューヨークまで追いかけていくほどの、こだわりを抱く仲ではなかったから、それっきりである。車が弁慶橋を渡ったとき、杏子は握っている手に力をこめた。弁慶橋の先にある二つの大きなホテル――

「いいんだろうな」

大鹿が怒ったように念を押した。

ホテルへ入ってから、いやだの何だのとトラブられたら、たまらないという含み。

「わたしお座敷着のままですけど」

「エレベーターの前で待ってろよ」

大鹿が固い口調で言った。

ホテルの玄関前で車を降りると、大鹿は一人でフロントの方へ歩いていった。室をとってエレベーターの前まできた大鹿が、改めてキーを覗いて「二十六階だ」と言った。

室はダブルのスイートルーム。

「ウワー。綺麗《きれい》よ」

二十六階の室のカーテンを開けて、杏子が思わず言った。眼下の青山通りは、車の赤いテールランプの帯である。ビルを映す夜の彩りがきらめいて、華やか過ぎる硬質の美観をつくりあげていた。

「なにか飲むか」

大鹿が冷蔵庫を覗いて言った。

「社長さんどうぞ」

「しかしのんびりしてはいられないんだ」

「でもシャワーは？」

「うん」

曖昧に言って大鹿は時計を確かめた。

「あの。わたし着物を脱いでもいいですか」

思いきって杏子は、媚《こ》びるようにしなをつくって大鹿に聞いた。ワインかシャンパンか、思い出になるようなものを、大鹿との記念にゆっくりと飲みたかったし、バスに入って体を洗ってからベッドに入りたい。しかしそれよりもなによりも、大鹿がやたらに時間を気にしていたから、「またこの次にしようか」と言い出されはしまいかと、杏子はそれが怕かった。

「そうだな。お互いに思いきりよく脱いじゃおう」

「社長さんどうぞ」

「いいから。着物の杏子の方が手間がかかるんだろう」

「いいえ。脱ぐのはなんでもありません」

大鹿の背広を肩から抜き、ドアの前のクロゼットに吊《つる》し、ネクタイ、ワイシャツ、ズボンと受け、寝間着を着せかけたが、大鹿はトランクス一つでベッドへ飛びこむと、枕許のスイッチで室の照明を全開にした。

「これなら明るくていいや。じっと見てるからな。杏子が脱いでいくのを」

「いやん社長さん」

「ぐずぐずしていると、時間がなくなるぞ」

「でもあんまり見ないでね」

――やっぱり
すぐに帰るつもりなんだなと、杏子は腹をくくって帯を解く。店着のつけ下げの着物を肩から滑らせ、ピンク色の肌襦袢《じゅばん》を脱ぎ、ちょっとポーズをつくってみせた。滑るような肌と乳房の白い艶には自信があった。子どもを二人生んでいたが、乳房は特に大きいというわけではなかった。大きくはないがともかく透けるような白さで、乳輪もそれに乳首も、白粉《おしろい》を塗ったような淡いピンク色をしている。

「だめよ社長さん。恥ずかしいわ」

杏子は脱ぎ捨てた足許の衣類をまとめる素振りで、大鹿の視覚に妖《あや》しいくらいに白いバックの肌を、なおもさらしつづけた。

「おい。こっちへこいよ」

たまらなくなって大鹿が呼んだ。

しかしこいと言いながら、大鹿は自分の方からベッドを飛び出してきた。たしかベッドへ入るときはつけていたトランクスを、いつの間にか脱いでいて、若々しい屹立《きつりつ》とまではいかなかったが、四十五歳の大鹿の男の部分は、ビックリするくらい肥大していた。

「ああん社長さん」

いきなり柔らかい乳房を摑《つか》まれて、杏子は肩をすくめた。抱きこみ、杏子の脂肪の薄い裸身を抱えあげ、ベッドの上に倒す。落ち着いてもっとゆっくりと、杏子は自分のこの滑るような白い肌を鑑賞し、褒めてもらいたかったし、堪能して欲しいと思った。

だが大鹿はあせり気味に、杏子の下肢を押し開いた。

翳《かげ》りは薄い方である。

「入れてもいいか」

あえぎながら大鹿が言った。

「触れてくれないの」

「いや。それより入れるぞ」

「いいわよ。じゃ入れてェ」

杏子は大鹿の腰に手をそえ、自分の上へ引き寄せる。ポイントを合わせてから、大鹿が一気に埋めてきた。

「ああ。あッ……」

杏子は大袈裟《おおげさ》に声を上げた。

確かな量感のある異物が、杏子の襞《ひだ》の奥まで突き立った。

「いいわ。ステキよ社長さん」

膝を立てたまま、杏子は下腹部を一杯に開いた。

大鹿は杏子の中に埋めると同時に、余裕のないせわしい抽送をはじめ、ほんの一、二分で頂上に達してしまった。

「あッ、あああ……。いいわぁ」

体内への放出を感じて、杏子は大鹿に声で調子を合わせる。実際にはいいも悪いも、ただ押し入れられたというだけで、どうということはなかったが、感じたふりは絶対に必要だった。それにしてももてもてのはずだったし、遊びこんできたとみずから吹聴《ふいちよう》している男にしては、お粗末な行為だった。

もちろんそんなことは言えない。

果てて大鹿はすぐに体を離してから、ちょっと呼吸を整え、シャワーを浴びにバスルームに入っていった。

「杏子もシャワーを浴びたらどうだ」

腰にタオルを巻いて、バスルームから出てきた大鹿が言った。

「ええ……」

「おれは先に帰るけど、明日の朝までゆっくりしていったらいい」

「あら、社長さんお帰りになっちゃうの。じゃわたしも帰りたいわ」

「なら早く仕度しろよ」

「ええ。すぐに。でも、ときどきこうして会ってくださるわね社長さん」

杏子は大鹿に体を寄せていって、甘える鼻声で言った。

「惚《ほ》れたか」

「ええ。社長さん好きです」

「じゃ月に一度くらいでよければな」

「一度ですか」

「スケジュールに余裕があるときは、二度でもいいけど」

「わたしはしょっちゅう会いたい。でも無理ならがまんします」

「ま、いろいろあるから、一、二回っていうことにしよう」

言ってそれでも大鹿は、杏子の肩に手をかけ、お義理のように軽くキスをした。

置いていかれないようにと、手際よく着物を着る。ネクタイを締め終わった大鹿は、冷蔵庫から出した缶ビールを飲んでいた。毎月一、二回ずつ会って、セックスをしてそれでどうなるのか。これから先自分は、どういうふうに扱ってもらえるのか――

ＯＬと違って、杏子はれっきとしたプロの女。芸者だったし、大鹿はもちろんそれを承知の上で、ホテルへ誘ったはずだった。

覚悟はできているに違いなかった。

四

「とにかくびっくりしたな」

一番遅れて着いた、勢田屋の若社長菅原良一が、正面の席に腰を下ろすなり、おしぼりを使いながら言った。

お客さんは四人。菅原社長の外に、女性下着メーカーの二代目社長京島浩一、博多のデパートの副社長島田伸一郎《しまだしんいちろう》と、もう一人は青年商工会議所の会頭をしている、電鉄会社の二代目、古川芳雄《ふるかわよしお》専務である。

この四人に大鹿明雄が加わると、二代目の仲良しグループ勢揃《せいぞろ》いだった。

「いまも話していたんだ。こんなこと、事前になにもわからなかったのかな」

のっぺりした顔の京島が、菅原の方へ首をねじって聞いた。

「あんなやり方されちゃったら、そりゃたまったものじゃないよ。ある日恒例の取締役会に出席したら、いきなり社長の不信任動議が出されてだ、おまえは当事者だから議長をやっちゃいかんって、後は多数決で社長不信任が可決されちゃう。このやり方を認めていたら、日本中のオーナー社長は、みんな首がスッ飛んじゃうじゃないか」

「ワンマンも実力社長も全部だよ。おちおち社長なんかやってられなくなるぜ」

菅原の興奮気味な言葉に、古川が怒ったような顔でうなずいた。四人が揃ったところで、テーブルに料理と酒が運ばれる。杏子は下着メーカーの京島の隣に座っていたから、ビールのお酌をした。

「一番油断がならないのは、いつも忠臣ぶっている番頭共だな。大鹿君のミツワにしたってだ、新聞とテレビを委《まか》せていた二人の番頭が首謀者だぜ。怪しからんよ」

「以前、日本橋の三星デパートでもあったケースなんだから、もっと注意していればよかったのかな」

「けどミツワグループにおける、大鹿王国といったら、なにがあってもゆらぐことはないって、誰でも思っていたからな。それが一夜にしてスッ飛んじゃった」

「京ちゃんとこも、やばいんじゃないのか」

「どうして」

「飛行機をやるの、ブランド名を変えるのって、いろいろ言われてるじゃないか」

「うちらは父親が復権してきて、タガを締め直してくれているから。それより菅原ちゃんのとこの方が、大変なんじゃないか」

「結局ミツワでは、大鹿会長が死んでしまったからな。背後の睨《にら》みが消えちゃった。それで番頭共がいい気になりやがったのさ」

おまえの方が大変だろうと言われて、菅原が返事にもならないことを言った。

四人はめいめいが勝手に喋りあい、杏子たちはお客のグラスに気を配っていた。妓たちが口をはさんで、なにが起きたのかを確かめるまでもなかった。テレビはお昼のニュースからずっと、ミツワの大鹿明雄社長が、午前中に開かれた同社の取締役会で、突然賛成多数で、社長を解任されたことを報じつづけていた。

大鹿王国で一体なにが起こったのか。創業者の会長が急死してまだ一年半だというのに、王国が一挙に揺らいだ原因はなにかを、経営評論家がテレビや新聞紙上でさまざまに解説していた。

四十代の半ばと若く、実力もないくせに、思い上がったワンマン経営で、グループ企業の経営が怪しくなってきたこと。

茶坊主人事で、取り巻きグループを重用し、本当にできる人材を切り捨ててきたこと。死んだ前会長に、破格な退職金や見舞金を払って公私を混同。公私の混同はあらゆる面に及び、特に社長の地位を楯《たて》に、際限のない交際費支出をつづけてきたこと。ほかにこんなこともあんなことももと、大鹿の私行がさまざまにあげつらわれた。

夕方までずっと、家でテレビを見ていた杏子にも、言われてみて「ああそうか」と思えることもあったが、経営評論家の指摘のほとんどは、初めて聞くことばかり。料亭のお座敷以外での大鹿について、杏子はさまざまなことを教えられた。

杏子ははじめから、大鹿のお座敷に出ていたわけではなかったし、お座敷へ入れるようになって半年ぐらいで、弾みのような成り行きから体の縁を持った。もっとも大鹿は杏子に眼をつけていて、だから自分のお座敷へ指名したはずだったから、大鹿の方はあるいは計画的だったのかもしれない。

だがそれにしては、弁慶橋の脇《わき》のホテルでのことがあってから、大鹿は判で押したように一カ月に一度ずつ、それも南沢たち取り巻きときて、お座敷が終わってから、この前と同じホテルで一分か二分の挿入行為の後は、あたふたと帰っていくという、ワンパターンを繰り返してきただけだった。

「どこかへ連れていってください」

「どこかってどこ？」

「温泉でもどこでも。だってまだ一度も朝まで一緒ってこと、ないんですよ」

「それよりもこの間言っていた、赤坂の踊りの会があるんだろう。そっちでもかかるだろうからな」

お金のことなど杏子はうるさく言っていないのに、大鹿はいろいろと金もかかることだから、旅行というわけにはいかないと、そういうことに違いなかった。

たしかに踊りの会があるからと、大鹿に衣装代の援助を頼んでいた。しかしいくらだとか、出してやるともやらないとも、大鹿はなにも返事をしてくれない。そもそも毎月のお手当というようなものも曖昧なままで、ホテルへ行くときは川もとの帳場に命じて、十万円とか二十万円の立て替え金を出させ、大鹿はホテルの帰りに杏子に投げ与えた。

泥棒見舞金のときとやり方は同じ——

それだけなのである。

すでに五カ月が経って、大鹿とは五回ホテルへ行っていたが、当然買ってもらえるだろうと期待していた、マンションの一室どころではなかった。

ケチだとか、こまかいということ以前の問題として、泥棒見舞金のときも大鹿は熨斗袋を杏子に投げ与えた。ホテルでの帰りにくれる十万円か二十万円の金にしても、大鹿はきまって応接用テーブルの上に、川もとで受け取ってきた金を投げて置いた。

「持ってけよ」

と、こうである。

あまり人に好かれない性格なんだろうなと、大鹿家にとっては創業社長以来の、腹心であるはずの番頭たちに、背かれたという大鹿について、杏子なりに考えていた。社長を解任されてしまったら、もう自腹を切って赤坂へ遊びにくるということは、ちょっと考えられなかった。

——やっぱり
わたしは運が悪いんだわと、杏子はつぶやいた。ほかにいるのかもしれない大鹿の愛人達は、どういうことになるのか。

ごちゃごちゃと大鹿について考えていて、はっとして顔を上げると、お座敷の全員の視線が自分に集中していた。怒っている顔ではなく、特に菅原や島田は意味あり気な笑いを浮かべている。

「なんでしょうか」

杏子はどぎまぎしながら、勢田屋の菅原若社長を見上げた。

「だからネ。大鹿さんは杏子に気があったんじゃないかって、聞いてるんだよ」

隣の京島が説明した。

「大鹿社長さんが？……」

呆《とぼ》けて聞き返す。

直接大鹿が菅原に、杏子との仲を打ち明けていない限り、大鹿と前後五回ホテルへ行ったことは、店の者以外には知られていないことだった。

店の者、つまり朋輩芸者《ほうばいげいしゃ》は相身互いだったから、滅多に口を滑らすことはない。

「気があったはずだぞ」

菅原が押しかぶせるように言う。

「あら。本当なら嬉しいのに」

「誘われなかったのか」

「わたしって、運の悪い女なんですよ。昔からずっと」

杏子はいつもの調子で言った。大鹿とのことも、あと一押しだったのかなと、そういう感じがしないではなかった。しかしきまって寸前で破綻《はたん》してしまう。

「運の悪い女って、どういう意味だ」

だが菅原がこだわって聞いた。

大鹿のように長身ではなく、しかし一七〇センチくらいの菅原は、大きめの黒縁の眼鏡をかけ、左から七・三に分けた白毛混じりの厚い髪。大鹿とやるゴルフ以外の趣味では、学生時代のサッカーは別として、菅原はスキーが上手だった。勢田屋の社長に就任したのは、先代が亡くなった直後の昭和五十九年二月。

三十八歳の御曹子社長だったのである。

その菅原若社長も、就任していつの間にか七年経って、四十五歳になっている。

会社の中に自分の肖像画を飾りつけ、大鹿と同じように名門出身のボンボンそのもの、つい最近も豪華に改装した社長室が、マスコミの話題になった。

現在の最大の懸案は、勢田屋の発行株数の三割近くが、大手不動産業者の駿光に買占められていること。駿光の買占めにたいして、菅原は徹底的に相手を無視する策に出た。株の買占めで利を得ようなどという輩《やから》は、経済界では最低の人種。膝《ひざ》をすり合わせて、解決策を考えあうという相手ではないと、見下しつづけてきたのである。

だが株の買占めも経済行為。

駿光はさらに勢田屋株を買い増しして、紛争はドロ沼にはまりこんでいる。

「わたしは本当にだめなんですよ」

重ねて杏子が悲しそうに言った。

「杏子がだめだって？」

「そうじゃないだろう。運が悪いって言ってたけど、運が悪いのは杏子じゃなくて、杏子とかかわりを持った者が、全員運が悪くなっちゃうんじゃないのか。そういうのだってあるぜ」

「あら。じゃわたしって下りマンなんですか」

杏子は真顔で菅原に聞き返した。

「ええ。わたし……」

五

杏子が運の悪い女……なのではなく、かかわりを持つ男の運を、悪くしてしまう女なのではないかという菅原の言葉は、いままで自分を中心にしか、運の良し悪しを考えなかった杏子にとってショックであった。

しかしそう言われてみると、たしかにそんな気がしないでもない。

離婚した前の夫は、その後、妹との所帯をうまくやっていた。そのことはときどき会う二人の子どもの話で、杏子は察していた。ひっくり返して考えると、杏子が前の夫から離れたため、それで運がよくなったからという解釈も成り立ってくる。

一方で杏子が期待を寄せたお客、つまり男は例外なく滅びていく。百万円の仕度金と、毎月五十万円のお手当をくれることになっていて、急死した建設会社の会長。

鳥山のマンションを借りる権利金を、出してくれたためかどうか、突然ニューヨークへ飛んでしまったお客。

それと大鹿である。

大鹿から杏子は、期待していたようなものはなにももらっていなかった。だからむしろ男の選択を誤ったということになるのだったが、大鹿の方はというと、企業グループ内での王国盟主の地位から、一挙に転落してしまったのだから、杏子の期待外れとは、まったくスケールが違っていた。

わたしが悪いのかしら——

菅原に言われてから、杏子はその一言を何度も胸で繰り返した。といって大鹿に寄せた期待が、ひっくり返ってしまったことを納得したわけではない。納得したからといって、どうにもなるものではなかった。

「そうなんだよな」

菅原が酔った眼で杏子を見上げ、うなずきながら言った。

「なにがですか」

「杏子はね、よく見ると美人なんだよ」

「あら、嬉しい」

「美人の眉だし美人の眼だ。肉感的じゃないが綺麗な唇をしている」

「わたしを喜ばせてどうなさるの」

杏子は自分の分のグラスのビールを、ゆっくりと喉《のど》に流しこんだ。

どういうわけか、番頭たちによるクーデターで、ミツワの社長だけではなく、グループ企業支配者の地位も、なにもかも一瞬で喪った大鹿が、華やかな夜の赤坂からプッツリと姿を消すと同時に、勢田屋の菅原社長が杏子に急接近してきていた。

自分で、男の運をだめにしてしまう女だと、杏子の不運の本質を見破っていながら、その杏子目当てに川もとへ通ってくる。

それも今夜のように、菅原一人で立ち寄ることも珍しくなかった。

「きまってるさ」

菅原はテーブルに肘を突き、杏子の憂い顔を見上げてあっさり言った。

「あら。じゃひょっとしてわたしがお目当てですか」

「ピンポン」

「でもね。わたし運が悪いから。男の人の運をだめにして、それで自分の運も余計悪くなっちゃうんでしょうね」

「やっぱり大鹿君とはなにかあったな」

「大鹿社長さんって、カムバックの可能性があるんですか」

「皆無だね」

にべもなく冷ややかに言って、菅原は杏子の白い手を握りこんだ。

——この男はつめたい。

大鹿のお座敷で菅原にはじめて会ったときから、杏子はそう感じていた。大鹿も女への思いやりがなかったが、菅原は自信過剰というのか不遜《ふそん》だった。

「でも大鹿社長さん、お気の毒ね」

杏子が吐息でつぶやく。

「君子は南面すって、どういう意味だ」

脈絡のない菅原の唐突な聞き方だった。

「なんのことですか」

「花柳界でよく言うじゃないか」

「わたし知りません」

「仕様がねえな。じゃ教えてやろうか」

「社長さん知ってらっしゃるの」

「つまり男たるもの、床の間の前がまちを枕にして、こぶ巻きで女とやること。これが君子南面だよ」

「ウソ」

杏子は笑いながら首を振った。

「嘘なもんか。この座敷の床の間はちょうど南向き。そうだろう。向こうが南だからな。この座敷でおれが床の間の前がまちを枕にして寝てだよ、杏子が着物の裾《すそ》をまくり上げ、おれの上にまたがって入れさせる。それで君子南面が完成するんだ」

「ばかばかしいわ」

杏子はテーブルのビールを勝手に注いで、グラスを摑んだ。

「頼むよ。一生の頼みだ。この通り」

真顔で言って菅原が杏子に頭を下げた。

「でもわたし、社長さんはホモだから、女は相手にしないんだって聞いたけど」

「島田が言ったんだな」

「違うんですか」

「女房もいるし、大学生の息子が三人もいるんだ。女が嫌いなわけがない」

むきな言い方である。しかし菅原をホモだと言ったのは、一人や二人ではなかった。あるいはそういう遊びにも手を出しているということなのか。杏子はさらに自分のグラスにビールを注ぎ足した。酔っぱらってしまえば、ホモだろうとこぶ巻きだろうと、なんでも承知してやれそうな気がする。

「でも仲居のおねえさんがお座敷に入ってきたら、どうするの」

「よし」

うなずいた菅原が、床の間の受話器を摑んで「呼ぶまで誰も座敷に入っちゃいかん」と、命令するように告げた。

「強引ですのね」

杏子はグラスを持ったまま言った。

「じゃさっそく。いいだろう頼むよ」

立ち上がった菅原が、ネクタイを締めたままのワイシャツ姿で、ベルトの金具を鳴らしてズボンを脱いだ。柄もののパンツも外し、テーブルを脇《わき》に押しやって、床の間の前がまちを枕に、仰向けにひっくり返る。

「オーケーだ」

「だってまだピンとしてないわよ」

ビールのグラスを離さずに、杏子は前をむき出しな菅原に笑いながら言った。

「キスをして立たせてよ」

「わたしそんなこともするの」

「誰だってしてくれるぜ」

菅原の言葉にグラスを空けてから、杏子は下腹部をむき出しにした足許へにじり寄った。手をそえたがまだ芯《しん》がない。こごみこんで含む。唇で根元をくわえこみ、舌の上で転がす。とたんに柔らかなペニスがツンと反応した。唾液《だえき》をたっぷりからませて抽送する。まだ四十五歳だったから、それほど手間がかかったわけではない。どうにか状態になって、顔を上げて杏子は菅原を見下ろした。

「早く。入れてくれよ」

「仕様がないわね」

――そのかわり
わたしに後でなにをしてくれるのかと、確かめてからにしようと思ったが、思ったときには着物の裾を思いきりまくり上げ、その裾を前で抱きこんで菅原の毛臑《けずね》をまたいでいた。一度腰を下ろしてからすこし浮かす。菅原が自分のものを摑み、杏子の花弁に合わせた。杏子が腰を落とすのと、菅原が下から突き上げるのが同時で、二つの部分はつつがなくドッキングが完成した。

「入った！」

菅原が廊下まで聞こえるような大声で言った。

この状態が本当に君子南面……なのかどうか、なにか菅原の口車に、乗せられてしまったような気がしないでもなかったが、それでも杏子は無意識に腰を律動させた。菅原が下からどんどん突き上げる。二こすり半の大鹿の粗チンとは、かなり趣が違っていた。

「あウッ。つっかえるわよ」

「そら。どうだ」

「ああん。だめェ。奥へ入りすぎる」

言いながらも杏子は、きっちりと腰を沈めこんだ。腰を沈めてからもみこむと、クリトリスが圧迫されて、快感が滲《にじ》み上がった。

ともかく菅原は普通の男並に、女の杏子をいかせようとして腰をせり上げつづけた。このことを契機に、これから先菅原がスポンサーになってくれたら、勢田屋での買い物をただにしてもらえるのかなと、もういくら望んでも、マンションの一室を買ってもらうことは、不可能なんだろうなと、杏子はいじましいことを考えていた。

そのとき不意に快感が全身に響いて、杏子は下になっている菅原の腕にしがみついていった。菅原も「ウ、ウッ……」と、放出の快感を嚙みしめる。

菅原良一は勢田屋の社長に就任してから、積極経営策を打ち出していた。

社章を変えたり、六十五億円だった資本金を、五倍の三百五十億円に、営業利益も三倍に伸ばそうと、国内外への出店計画を推進して、長年の無借金経営を一蹴《いっしゅう》、二千三百億円もの借入金を抱えこんだ。

これらの資金調達に、それまでの数十年間にわたって取り引きのあった菱形銀行から、取り引きの重点を別な都銀にふり替えようとした。

加えて買占め株処理の不手際である。

主幹事である菱形銀行に嫌われた菅原社長は、杏子との〝君子南面〟を果たした一年後に、百七年間もつづいた勢田屋オーナーの椅子から追われ、赤坂へ足を踏み入れなくなってしまった。

杏子は、杏子で相変わらずだった。

待つことの呪縛《じゅばく》から、女は永遠に解放されることはない。

「わたし、運が悪いのよ」

誰かわたしの運を良くしてちょうだいと、憂い顔で新しい男を探している――

いずれは社長

一

そんな必要はなかった。だからやめてくれと言っていた。のに、またかあさんがと滋雄《しげお》はぼんやりした意識でつぶやいた。

「いつもいつも本当に申し訳ございません。本日もすこし遅刻させていただくことになると存じます。はあ。間もなく起きると思いますので、昼過ぎには……」

恐縮し、言葉を詰まらせている。

かあさんの言い分もわからないではない。昼過ぎに出社したのでは、午前中の会議や打ち合わせには出られないし、来客をすっぽかしたり、仕事の予定も守れない。せめて遅刻の連絡だけでもしておけば、上司や同僚がカバーしてくれるのではないか。

社長の息子だからといって、連絡もしないで毎日遅刻するのはよくないと――

しかし社長夫人から、その社長の長男の遅刻の言い訳をされる息子の上司、つまり滋雄の担当課長なり部長としては、誰であれ会社というのは、社員の遅刻というのを一番嫌うから、遅刻するくらいなら休んでしまってくれとか、そういうまともな応対などできるはずがないのだった。

「昼過ぎですか……。わかりました」

課長も部長も、連日のことだったからお座なりにしか答えない。だから必要のないそんな無意味なことはやめてくれと、滋雄は言っているのだった。

「わかってるんだからいいんだよ」

滋雄はかあさんに向かって、声を荒げて言った。言ってからはっと眼を覚ました。かあさんは十五年も前に脳腫瘍《しゆよう》で死んでいて、独身の滋雄もいまは大事なとうさんから離れて、西荻窪《おぎくぼ》のマンションで一人暮らし。

ただ低血圧ということもあって、相変わらず朝寝坊の癖は直らない。で、死んだかあさんが会社へ、昔と同じように遅刻の言い訳電話をしている夢を、見ていたのだった。

腕時計を覗《のぞ》くと間もなく十時。

——そろそろ

起きて出かける仕度をしなければまずいなと、滋雄はつぶやいた。

かあさんが生きていた十五年前までは、滋雄もまだ平社員だった。しかしとうさんの菊《きく》本公孝《もときみたか》が放火事件で社長をやめたいま、四十一歳の滋雄の肩書は、梅菊株式会社専務取締役……に変わっている。平社員時代なら昼過ぎの出社でもよかったが、専務ともなると、ぎりぎり午前中には出社しないと、滋雄を包む役員室の眼が厳しくなるのだった。

のそのそと、滋雄はベッドから上体を引き起こした。一年でも一番寒いと思うのが、一月の末の空が氷《こお》った朝である。

この季節の、放射冷却という言葉が、いまでは日常語になっていた。

恐る恐るという感じでベッドから足を抜き、床に下ろしたとき玄関のチャイムが鳴った。はっとして滋雄は怯《おび》えたように顔をしかめた。西荻窪のマンションへ移って十カ月。その間マンションへ滋雄を訪ねてきたお客は、即座にその一人ずつの顔が思い出せるくらいの、ほんの数名に過ぎなかった。

まして午前十時の来客など、常識では考えられない。

どうしようかなと思った。

自分にお客があるはずがないのだから、間違いに違いなかった。もし間違って滋雄の室《へや》のチャイムを押した相手なら、どうせ放っておけば帰っていくはずである。

だがすぐに二度目のチャイム。

「菊本さん。菊本滋雄さん」

チャイムを追いかけるように、玄関のインターホーンで滋雄を呼ぶ声。しかし声には聞面識のない客だということになる。初対面の相手と、起き抜けの緩んだ顔で会うのは気が重かった。だがチャイムがつづけて鳴った。

滋雄はベッドテーブルから、黒縁の近視用眼鏡を取り、顔につけてから頭を掻《か》きながら廊下を玄関へ。

「はい」

ぶっきら棒な低い声。

「菊本さん。宅配便ですよ」

「え？……」

「宅配便です。おねがいします」

そうかと思った。マンションを訪ねてくる客には、宅配便の配送員というのも、一つの形としてはあったわけである。

「判こがいるの？」

滋雄はドアの内側から聞いた。

「サインでもかまいません」

「ウン」

それでやっとうなずいて、タイル貼《ば》りの冷たい玄関に片足を下ろし、滋雄はドアのロックを外した。パジャマ一枚の姿だったから、玄関が開いたときの冷たい外気を警戒して、滋雄は一歩引いて一七〇センチで七十一キロの、小太りな体をすくめていた。

待ちかねて、当然勢いよく引かれるものと思っていたドアは、一呼吸置いてから、ためらい気味に開けられた。

「お届けものです」

クラフト紙の箱を持ち、ユニフォームになっている紺の作業服姿の男が、滋雄を見上げて言った。すっきりと眼覚めたというわけではない頭で、滋雄は男に手を伸ばした。伝票に受領のサインをしようという意志表示だった。だがそのとき、瘦《や》せた配送員の背後にいた、中年のがっしりした男と、それにもう一人の若い男が、朝の満員電車に乗りこむような勢いで、玄関へ雪崩《なだ》れこんできた。

配送員の瘦せた男の陰に、そんな二人がいることは気付かなかったから、弾みで滋雄は押し飛ばされた。

なにが起きたのかよくわからない。廊下に尻餅《しりもち》をついて、腰を上げようとすると、同じ紺の作業服の中年の男が、見た眼にはトランシーバーのような大きさの黒い器具を、いきなり滋雄の胸に押し当てたのである。

鋭い一瞬の衝撃で、胸から全身に電流が駆けめぐった。

「ギャッ！」

滋雄が思いきり悲鳴を上げる。

雷にでも打たれたような激しい衝撃と、電流を浴びた感じのビリビリした痺《しび》れる疼痛《とうつう》。

皮膚がおかしく痙攣《けいれん》する。

「おとなしくしろ」

「やめろ。なんだそれは」

「死にやしないよ。スタンガンだ。けど大きな声を出したらかまわず押しつけるぞ」

「や、やめてくれ」

腰を落とした床を後ずさりながら、滋雄は懸命に手を振った。スタンガンを体に押しつけられたのは初めて。というより人と揉《も》みあい、床にひっくり返ったということも、三代目御曹子《おんぞうし》で温厚な滋雄には、かってなかったことだった。

「おい。そののっぺりした顔に、血のしたたる筋を入れてやろうか。それとも指を切り落とすか」

「騒がない。大きな声は出しません」

「よし。じゃ寝室へ入りな」

カッターナイフを鼻先に押しつけた、痩せた配送員が唇を歪《ゆが》めてすごんで言った。腰が抜けたのかすぐには立てず、止むなく滋雄は四《よつ》ん這《ば》いになってベッドルームへ。

「そこへ座ってこれを飲め」

スタンガンの男が、直径一センチほどの白い錠剤を、滋雄の鼻先に押しつけた。

「え、でもこれは……」

「青酸カリじゃないよ。ただの睡眠薬だ。心配するな」

「眠らされるの？」

滋雄が聞き返したとき、さほど広くないベッドルームへ、同じ紺色作業服のもう一人が入ってきた。三人……だと思っていた賊は合計四人であった。滋雄がいくら騒いだりあがいたりしても、四人が相手では衆寡敵せずで、しかも先方はスタンガンとカッターナイフを持っていた。

ベッドテーブルの水差しの水で、滋雄は素直に錠剤を飲みこんだ。

なにが起きたのか、これからどういうことになるのか、コップを置いて滋雄が不安そうに顔を上げると、最後に入ってきた一人が、ベッドルームの隅で帽子を取ると、手際よく着ている作業服を脱ぎはじめた。

女——

滋雄は思わず眼をむいた。

帽子を取ったせいで、赤く染めた長い髪が衿首《えりくび》に振りかかっている。

作業服を脱いだ女は、肩紐《かたひも》のついた白い肌着を、無造作に足許《あしもと》へ滑り落とし、後手にブラジャーのホックを外した。まぶしいくらいの白い肌に、量感のある胸の隆起が、褐色の乳輪を淫《みだ》らな感じに浮き立たせていた。やがて女は下腹部を包むピンク色のパンティ一枚になる。

二十歳くらいかなと滋雄は思った。

細身の割に乳房は大きかったが、体の線がよく締まっていて緩みがない。白い顔はしゃくれ気味だったが、どこか幼さのようなものが漂っていた。

一応は、滋雄も梅菊という映画会社の専務だったから、女の観察は確かだった。

「これを吸えよ」

火のついた手巻きタバコを、若い男が滋雄に差し出した。

「え？」

「マリファナだよ」

「マリファナなんて吸ったことないけど」

「言われた通りにしろ！」

スタンガンの男がきめつけた。

「手錠はどうする？」

「暴れると手錠をかけるぞ」

「いや。暴れない」

渡された紙臭いタバコを一口吸って、滋雄は恐そうな顔の中年の男に首を振った。

「手錠をしちゃうとやりづらいかな」

スタンガンの男が、女の方へ首をねじって言った。

「わたしはどっちでも平気よ」

「よし。マリファナをもう一本吸わせろ」

「なにか気持が悪いから、マリファナはもういいです」

「だけどそれでちゃんと立つのかよ」

「え？……」

「マリファナ吸っておけば、間違いなく立つからな」

「立つって？」

「パジャマを脱げよ」

聞き返した滋雄に、カッターナイフの痩せた男が言った。どうやって持ちこんだのか、男は青い箱のインスタントカメラを持っていた。クラフト紙の箱に入れてあったのかもしれない。

「え、ぼく、裸になるの」

「下もだ」

「下って？」

「みんな脱いで、ベッドへ寝るんだよ」

はじめの睡眠薬と、さらに無理やり吸わされたマリファナのせいで、滋雄は頭がぼんやりしてきていた。言われるまま、ブリーフも取った素裸で前だけ押さえ、ベッドに体を横たえた。

「前の手をどけろ」

「え？　でも……」

「なんだ。やっぱり立ってねえじゃねえか」

「寒くてとても」

「アサ子。どうだ」

いつの間にかピンク色のパンティも外していた女は、下腹部の濃い目のヘアーを気にする風もなく、ベッドの滋雄を覗きこんだ。

させられる。

「だいじょうぶでしょ」

感情を殺した職業的な言い方。しゃがれた声だけ聞いていると、三十代後半の女を感じ

「おい。女を抱かしてやるからな」

カメラを持った痩せた男が、レンズを構えながら言った。

「いや。女は抱きたくないけど」

「ばか。なに言ってやんだ。抱かなければこれだぞ」

眼つきの鋭い中年の賊が、スタンガンを滋雄の鼻先に突きつけた。

「やめてくれ」

顔の前で両手をクロスさせて拒む。

「じゃ、アサ子」

「いいけど、みんなこのままベッドの周りで見てるの」

「きまってるじゃねえか」

「ちょっと外へ出ていてよ」

「なにされるかわからねえぞ」

「だいじょうぶでしょう。ネェ専務さん」

アサ子と呼ばれた女は、綺麗《きれい》に揃《そろ》った小粒な歯をむき出しに、滋雄に笑いかけた。

二

「それでどうなったのよ」

夜の新宿の雑踏に、ほんのすこし距離を置いたという感じの、歌舞伎《かぶき》町二丁目の目立たない小料理屋のカウンターに、腰をぴったりすり合わせるように座って、千賀子《ちかこ》が滋雄の盃にお銚子《ちようし》を向けながら聞いた。

西新宿の超高層ビルの一つにある病院で、看護婦をしている千賀子と落ち合うのは、いつも歌舞伎町二丁目辺の小さな飲食店ときまっていた。

滋雄は好きな日本酒をぬる燗《かん》で二、三本飲み、千賀子もすこしはつきあえたし、軽くなにかを食べてから、近くのラブホテルへ紛れこむ。二時間の休憩時間が終わってホテルを出ると、千賀子の病院の看護婦寮が、職安通りを越した西大久保の、細い裏通りの外れにあった。

滋雄は盃の底に残っていた酒を干してから、千賀子のお酌を受け、カウンターにそのまま満ちた盃を置く。

「だって女がさ、ベッドの中へだよ、割り込んで入ってきたんだからな」

「だからそれでって聞いてんでしょ」

「こっちは睡眠薬を飲まされてさ、三本もマリファナを吸わされてるだろう。なんかもうろうとしちゃっててね」

「本当に睡眠薬だったの？」

丸顔の千賀子が、瞳《ひとみ》の大きい眼で滋雄の横顔に聞き返した。

「知らない。そう言われて飲まされたんだ」

「眠くなった？」

看護婦らしく、白い一錠という睡眠薬の効果を疑っていた。

「効いたのはマリファナかな。とにかくぼんやりしちゃってたんだ。だけどアサ子って呼ばれていた女はプロだね。ソープ嬢とか、ＡＶ娘とかさ」

「どうして」

「だって三人の男の見ている前で、いきなりシックスナインで上に乗ってきてだよ、フェラをはじめたんだから」

「いやあね。あんたまさか、その女の……なんにもしなかったでしょうね」

「なんにもしないさ」

「ウソでしょ」

「だけどさ、顔の上に女のあそこがのっかってるんだからな」

「やっぱりしたんじゃないのよ。おおいやだ。いやだわ。不潔」

カウンターには、二人のほかに客がいなかったせいもあって、千賀子が大袈裟《おおげさ》に色白な顔をしかめた。

すでに三十を過ぎていた。そのせいもあってこの頃ちょっと太目で、千賀子自身は脂肪のつき過ぎを気にしていたが、滋雄はむしろ小太りで肌が柔らかく、男の体を真綿のように包みこんで受けてくれる女が好みだった。つきあいはじめて六年。一度は真剣に結婚まで考えた相手である。

「だけどだよ、それでやっと奴等の魂胆がわかったんだよ」

滋雄はもみじ下ろしを上にのせたあん肝を、一切れ口に運んだ。寒かったから千賀子の希望で、ちゃんこ鍋を注文してあった。

「それだけじゃないでしょ。あんたはフェラまでされたんだから」

「だから奴等のお目当てだよ」

「ソープかなんかの女に、フェラをされてそれでどうなっちゃったのさ」

「こっちはね、変なもの吸わされて頭がもうろうとしちゃっているんだ。酩酊状態だったんだから、なにも責任はないよ」

「いい思いしたんでしょ。責任あるじゃないのさ」

千賀子はあくまでもこだわって言った。

二人が会えるのは、月にせいぜい二日。名目上は千賀子も週に一日は休めることになっていたが、有力病院ほど、ベテランの看護婦不足は深刻だった。それだけに千賀子としては、四十一歳の男盛りの滋雄に、月に二回しか会えないで、それで男が果たして満足してくれているのかどうか、かねがねそのことが不安だった。

アサ子という女へのこだわりは、そのせいでもあった。

「要するにだね」

「なによごまかすつもり」

「聞けよ、まじめな話なんだから。ばんばん写真をとられたってことだよ。いろんなアングルから。それでリーダー格の中年の男が切り出してきた。五千万円でこのフィルムを買い取れって」

「え、五千万円でフィルムを！」

びっくりした千賀子が、口調を一変させて聞き返す。

「だから恐喝なんだよ」

「じゃその人たちは暴力団かなんかなの」

「だと思うね」

「どうするの。警察に届けた？」

「だからどうしたらいいか、千賀子に相談しているんじゃないか」

「放っておけないでしょ」

「さあどうかな」

「だってそんなふうにとられた写真をさ、あっちこっちのマスコミにばらまかれたら、会社だって困っちゃうんじゃない」

「会社はともかく、とうさんのこともあるからな。これ以上のスキャンダルは、もうちょっとネ」

「警察に届けたらどうなるの」

「ウン。そのときも新聞に書かれるだろうな。あることないことをいろいろと」

「女性問題のこじれとかなんとかって？」

「こっちは独身だし、四十を過ぎても相変わらず独身を通しているのは、映画会社の重役だから、女優やタレントの女性は選りどりみどり、好き勝手をつづけるためだって、ひどいことを書かれたこともあるからな」

「強姦《ごうかん》とか輪姦とかまでして、警察沙汰《ざた》になったこともあるって、そんな悪口も書かれたじゃない」

「だからさ。警察に届けたらまたまたスキャンダルだって書かれるぜ」

「でも五千万円なんて、払えないわよね」

「とうさんは持ってるだろうけど、こっちは三代目って言っても、収入はサラリーだけだからな」

滋雄は千賀子に苦笑で言った。

映画会社の梅菊株式会社は、京都生まれの菊本太吉郎《たきちろう》と、養家を継いだ梅田次郎松《うめだじろうまつ》の双子の兄弟によって創始された。菊本と梅田の名字を一字ずつ取ってはじめは梅菊合名会社とし、兄の菊本太吉郎が関東を、弟の梅田次郎松は関西と、全国を二分して興行界を制していった。

映画に進出したのは大正の半ば、梅菊キネマとしてだった。

菊本太吉郎には男の子が二人いたが、将来の後継者にと期待した長男の英昌《ひでまさ》が、十五歳のときボートの事故で中禅寺湖で水死。で、公孝が後を継ぐことになった。

滋雄は公孝の長男。

滋雄の弟の誠二も、大学を出て同じように梅菊株式会社に勤めていた。

「だけどそんなことわかってたんでしょ」

千賀子は自分の盃を取り、冷たくなった酒を、昼の間に流しこんだ。店の女子店員が二人の前にガス台を引いて、ちゃんこ用の鍋をのせて火をつけた。割下が沸いてくるまでには、ちょっと時間がかかりそうだった。

「え、わかってたって？」

滋雄も面長気味な顔を、千賀子の方へねじった。

「あなたに五千万円も要求したって、とても払ってもらえないだろうっていうことよ」

「それは違うさ。向こうは会社が払うだろうって思ってるはずだよ。マンションを建てるんで、代官山の土地を半分売ったことを、あるいは知っているかもしれないだろう」

「じゃ代官山御殿の火事のことも？」

「ずいぶん新聞に書かれたしさ」

「やっぱり警察に届けなければだめよ。誰かにもう話したの？」

「いや。女とからんでいる写真をとられたなんて、誰に話したらいいんだよ」

「届けなさいよ。その方がいい」

「けど今日はもうだめだろう」

「そりゃ……」

滋雄と眼を合わせて、千賀子はあわててお銚子を持ち直した。月に二回しか会えないのである。今夜、これからが大事なその一回だった。

「明日届けたらだよ、どうして事件のあった昨日届けなかったのかって聞かれるぜ」

「聞かれたっていいじゃないの。犯人のお目当てを考えていたんだって言えば」

千賀子はぞんざいな口調で言った。

もともとは、父親の公孝担当の看護婦だった千賀子である。名門梅菊の社長ではあったが、むしろそれだけに早くからおのれの能力の限界を意識して、酒に逃避してきた公孝だった。社長ではあったが、実権はなにもない。飾りものの存在であることへの自嘲《じちょう》から、さらに酒に溺《おぼ》れていった。

公孝が信じることのできる相手は、妻の頼子《よりこ》ただ一人。

滋雄のかあさんである頼子を、公孝は心底から愛していた。だから頼子の生存中は、それでもまだブレーキが利いていた。

昭和四十六年、頼子が急死してから、公孝のアル中には歯止めがなくなった。溺れこむような酒浸りの毎日で、普通の会社ならそんな社長は代えてしまえばよかったが、菊本家は名門梅菊株式会社のオーナーだったから、飾りものとしてでも、菊本社長……が必要だったのである。

といって昼も夜も、いつもいつも酒を飲み、酔っぱらっていられたのでは、飾りものの用さえ果たさない。

で、アル中の治療が求められた。

「直さなければいけません。入院してください」

番頭……たちにそう要求されると、拒む権利は認められていなかったから、素直に病院へ入る。しかし病院を出てくるとまたもとの木阿彌《もくあみ》で、酒、酒、酒の生活。すると再び入院治療の指示が出る。

公孝は言われた通りに入院して、治療に専念するのだった。言われた通りにすることが、公孝のつとめだった。

だがそれにしても、三十数回であった。

昭和四十六年に梅菊の社長になって、三十数回も治療の入院と退院を繰り返していたのだったから、治療—入院を命じる番頭たちと、その都度従順に病院で酒を断っている公孝、これではもうまともとは言えない状況であった。

菊本の御曹子、三代目を継ぐはずの滋雄が、日常のこととして見て育ってきたものは、これであった。

オーケストラに加わり、チェロを弾いたり、スキーは小学生の頃から好きでやってはいたが、それ以外のものについては、学生時代からこれといって、熱中したものはなにもなかった。友達と裸になってつきあうこともない。むしろ一人でいるのが好きだった。限りない狂気……といってもいい、公孝の生活を見て育った滋雄が、スポイルされてあたりまえだった。

遅刻常習者になり、将来の社長候補として、社内のポストを一巡はしたが、仕事で評価されたことは一度もない。人の敷いたレールにはのっても、自分からセッティングすることはしない。もちろん怒って人を怒鳴ったり怨《うら》んだり、誰かを陥れることを考えたりは、絶対にしなかった。

終業時間になると、誰も知らぬ間にすっといなくなっている――

そんな滋雄が、優しかったかあさんの死を見て一つの使命感を抱くようになる。それはアル中のとうさん、梅菊の二代目社長の面倒は、自分が見てやらなければならないということ。

弟や妹は結婚して家を出ていったが、滋雄一人は結婚しようともせず、代官山の家でとうさんと二人で暮らしていた。

「おまえは無気力だ」

自分のことは棚に上げて、公孝は滋雄をダメ男だと罵《ののし》った。だが滋雄は「とうさんこそお酒をすこし控えてよ」と、真剣に心配した。人に優しく親切にするのは照れ臭いし、目立ったりということの嫌いな滋雄が、代官山の家の三百坪の庭に、チューリップやぼたんなどを植え、とうさんの気持をすこしでもなごませ、慰めようとした。

しかし三十数回に及ぶ、治療のための入、退院である。

入院する公孝のそばに、いつもぴったりとついているのは滋雄であり、その過程で滋雄は病棟看護婦の千賀子と知りあった。

結婚したいと思った理由のかなりな部分は、アル中患者を扱いつけた千賀子が、とうさんのそばにいてくれたら……。公孝を見るのは自分だからという、義務感からの思いだった。もちろん活発な身のこなしの白衣の千賀子を、好ましい異性だと思った。

実はいままでに一度、滋雄は会社の看板女優、小坂慶子を好きになったことがある。

三代目を継ぐオーナー家、社長の御曹子だったから、それならばといって、二人だけの出会いの便宜をはかってやろうと、とりもってくれる者がいた。

しかし滋雄は曖昧《あいまい》な笑いで断った。

小坂慶子は好きだったが、そういうことで上手に立ち回れるタイプの、男ではないことを、滋雄自身が誰よりもよく承知していたからである。そんなくらいだったから滋雄は、千賀子を口説くのに一年近くもかかってしまった。好きだという思いを伝えるのに、一年である。

やっと思いを伝えることができても、こんどは容易に千賀子が信じない。デートに誘い、食事をしたりドライブも、そして御殿と呼ばれていた代官山の家へも来てもらった。それでかえって千賀子に、腰を引かれてしまったくらいだった。

本気なんだということを、千賀子がやっと認めてくれたのは、自分からは積極的に行動することなど、滅多にない滋雄が、冬の荒れる日本海に面した山形県、新庄市に近い雪に埋まった専業農家の千賀子の実家へ、千賀子の両親に会いに一人で訪ねていったこと。

結婚の許しを得に、千賀子に無断で行ったものだった。

「いいです」

そこまでされて信じないわけにはいかない。千賀子が滋雄の申し込みを承諾した。

しかしこの頃までは千賀子も、滋雄と話をしていて、相応に言葉遣いに気を配っていた。それが一変したのは、やっと千賀子を納得させた滋雄が、結婚の意思をとうさんに伝えた直後からだった。

「家柄が違う。ばかなことを言うな！」

公孝は滋雄が予想もしない強い口調で、二人の結婚に反対した。身分とは言わず家柄の差だという。もちろん公孝は、自分の担当看護婦だった千賀子を、よく知っていた。

「つきあっちゃいけないなんて、誰にもそんなことは言う権利はないんだから」

情けないくらいに落ち込んだ滋雄に、千賀子が精一杯な一体感を訴えようと、乱暴な口調で言った。

「おとうさんに言われたからって、わたしを捨てないでよ。いいわね」

千賀子はそんな言い方もした。

「それで千賀子はいいのか」

「なにがさ」

「あのとうさんには、最後までぼくがついていなければならないんだけど」

「あたりまえでしょ」

伝法な口調で答えたが、千賀子はそれまで勤めていた築地の病院をやめて、新宿の超高層ビル内の病院へ移った。築地へは公孝が、再び入院してくるかもしれなかったからである。

三

やはり警察は、なぜ事件直後にすぐ届け出なかったのかと、疑惑の眼で滋雄に確かめた。

一日経ってからでなければ届けられない理由が、なにかあるんだろうという、言外の響きである。

「事前に、相談しなければならない人がいましたから」

場馴《な》れのしない警察でだったから、滋雄は言葉を詰まらせ、口の中でもごもごさせながら言った。

「宅配便の会社はどこだったか覚えてますか」

「トラックに、ライオン便と書いてありましたけど」

「五千万円はどうやって支払えと言われました？」

「連絡するって言ってました」

その、警察に届けた三日後に、間抜けというか、無警戒な犯人グループからの連絡電話が入って、十九歳のソープ嬢のアサ子を含む四人の犯人たちは、芋づる式にあっさりと逮捕されてしまった。

滋雄にスタンガンを押しつけた、恐い顔の中年男が首謀者。男は渋谷の暴力団幹部で三十四歳のK。Mという瘦せた配送員は、二十五歳のトラックの運転手。若い男はMの助手で十八歳。

渋谷のスナックで知り合ったKとMが、なにかうまい話はないかと相談したのが、きっかけだった。

渋谷の一角をナワ張りにするKが、「実は……」と切り出したのが菊本家の事情。「火事の跡地にマンションを建てるんで、土地を売った金ががっぽり入ってるから、いまなら五千万円くらいは出すだろう」と、ぬれ手で粟《あわ》を掴《つか》むような話に、「それなら……」とMと助手の二人が同調した。

筋書きはKが考えて、Mがなじみにしていたソープ嬢のアサ子が誘われた。

「まるで美人局《つつもたせ》じゃないか。恥さらしな」

四人があっさり逮捕されたことで、事件は一挙に解決するのだが、それまでの三日間は滋雄の懸念通り、夕刊新聞などは菊本家の相つぐスキャンダルとして、勝手な記事を書きまくった。

それを見てとうさんの公孝まで、電話で滋雄に文句を言った。

「なんでもありませんよ」

「女漁《おんなあさ》りが眼に余ると書いてあったぞ」

「そんなこと、事実がないのはわかってるはずでしょう」

滋雄は軽くいなした。いなすもなにも、本当は余計なことを言う必要がなかった。映画会社の重役なら、女優も含めた美女とのアヴァンチュールは、日常的なことだと思いこんでいる者がすくなくない。しかしマスコミや周囲の者が、ただそう思いこんでいるというだけではなく、たとえば梅菊株式会社にも、そういうタイプの重役が多くいることも確かだった。

女癖の悪さとか、女道楽という点で言ったら、公孝の父で滋雄の祖父・創立者菊本太吉郎など、伝説的な豪の者であった。

自分の愛人の養子を、番頭筆頭格として公孝までのつなぎの社長に据えたくらいである。やがて公孝が社長になると、太吉郎の愛人の養子は会長に座り、ことごとに公孝の頭を押さえつけてきた。

そういう放逸な太吉郎と、正反対だったのが公孝である。

公孝は妻だけを愛した。

京都で一方を代表する宗派管長の、孫娘だった公孝の妻は、酒に溺れ酒に逃避する公孝を、懸命に支えつづけた。二代目公孝にとっての不運は、昭和四十六年に梅菊の社長に就任すると同時に、その同じ年に最愛の妻を喪《うしな》ったことだった。それからの公孝には、崩落の支えがなにもなくなってしまった。

結局それがアル中治療のための、三十数回にも及ぶ入退院の繰り返しと、そして菊本家最大のスキャンダルである、代官山御殿の放火事件に結びついていくのである。

事件の一年ほど前から、公孝のアルコール浸りは、さらにひどくなっていた。

父と子の二人暮らしといっても、女手なしではどうしようもなかったから、家政婦のおばさんに住み込みで働いてもらっていた。滋雄は家政婦が代わる度に、家にアルコールを置かないでもらいたいと、くどいくらいに念を押した。

「とうさんにどんなことを言われても、お酒を買ってきたり、置いておいたりしないでください」

酒は絶対に家に置かない――

それでいいですねと、とうさんの諒解《りようかい》も得ていた。表面上公孝も納得していて、だが家では飲めないからと外で飲んでしまう。自分で買った酒を隠してこっそりと家へ持ち込んだりもした。

とにかく社会的な地位もあり、それに人並み以上の財産も持っている、七十五歳の大人であった。赤坂の料亭や銀座のなじみのバーで、好きなように飲んでしまうのだった。滋雄がその一軒一軒に頼みこんで、あまり飲ませないように注意してもらったが、都会では二十四時間、どこでも酒は売っていた。

二年前の二月初旬――

待ってる者が誰もいない、代官山の家へ帰るのが面倒になると、公孝は常宿にしている銀座のホテルに宿泊した。

社長専用車の運転手が、「今日も昨日と同様に、銀座のホテルに泊まるとおっしゃっています」と連絡してきていた。ホテルのバーで酒を飲むための宿泊……というのが、偽らざるところだったが、そこまで干渉することはできない。

酒をやめてくれ、飲まないようにと言うと、酒を飲まないで、ではなにをしていたらいいのかと聞き返される。

なにをと言われて、いまさら本でも読んだらどうかとも言えない。飲んでさえいれば酔いに浸り、その麻痺《まひ》感で屈折する感情や無力な社長の虚しさを、忘れていることができるのだった。正気がすこしでも残っていると、そうはいかない。

ホテルに泊まると言っていたとうさんが、どう気が変わったのか午前二時頃に、這うようにして代官山の自宅へ帰ってきた。口をあけてもほとんど呂律《ろれつ》が回らなかったし、眼には焦点がなかった。

メロメロである。

「しっかりして、とうさんほら」

滋雄が玄関で崩れたとうさんを抱き上げ、寝室に運んだ。

「酒。酒！」

「なにを言ってるの。こんなに酔っていて」

「酔ってなんかいるもんか！」

いつものことだった。こうなるとなにをするかわからなかったから、一人では寝かしておけない。といって家政婦では、酔ったとうさんを扱いきれなかったから、滋雄が布団をとうさんの寝室に運びこみ、ベッドの隣に寝るしかなかった。

それでも睡魔に誘いこまれて、その夜は公孝もどうにか寝ついてくれた。

ところが朝の八時過ぎに、寝ている滋雄を足で揺り起こしたとうさんが、至急車の手配をしろと、酔いの醒《さ》めきっていない口調で言った。

「車って？」

低血圧で朝の弱い滋雄は、おぼろな意識で聞き返した。

「きまってるだろう。出かけるんだ」

「しかし会社の車が九時には迎えにくるじゃないの」

「いま出かけるんだ」

「どこへ行くんです」

「どこでもいい」

ホテルへ戻って酒を飲むつもりであることはわかっていた。昨夜は午前二時頃に帰ってきて、しかし毎回清算をするわけではなかったから、チェックアウトはしていないはずである。滋雄は布団から出てとうさんに向かって床に座り直した。

「たのみます、この通りです」

言っていきなり両手を突き、おでこを床にすりつけた。酒を飲むなとかやめてくれ、いい加減にしろのなんのと、飲ませまいとするセリフはもうすべて言い尽くしていた。言葉がないというよりもなにを言っても意味がなかった。公孝はまったく反応しなくなってしまっている。

だから余計なことを言わず、膝《ひざ》を揃《そろ》えて座り、深く頭を下げて懇願するしかなかった。

それでもたまにわかったといって、素直にうなずいてくれることもあるが、逆にかんしゃくを起こし、火のついたタバコを投げつけたり、立っていって風呂場からカミソリを持ち出し、手首を切って「死んでやる」とわめいたりもした。

そういうことばかりだった。

本当はもう、自宅で面倒が見られる状態ではなかった。築地の病院も、これ以上の治療受け入れを喜ばなくなっていた。しかしそれでもなお表の顔は、梅菊株式会社の社長。オーナーなのである。

それだけに、精神病院へ入れるというわけにもいかない。

ベッドを降りた公孝が、足許をもつれさせながら寝室を出ていった。滋雄もあわてて後を追う。家政婦の手で綺麗《きれい》に掃除された居間には、オレンジ色に石油ストーブが燃えていて、室《へや》もかなりあたたまっていた。

「とうさん」

「いい。自分で電話する」

「やめてください。子どもじゃないんですから」

「なに！」

赤く濁った眼で、公孝は滋雄を睨《にら》んだ。その一言だった。親に向かって……というわけである。子どもじゃないんだからと、ばかにしたような言い方に響いた。かなりなアル中の状態で、なんとしてでも酒を飲みたい一心の公孝は、滋雄の言葉でばかにされたと感じた。

「笑われますよ」

鬱々《うつうつ》とした公孝の、内面の屈折に気づかない滋雄が、さらに一言、爆発を誘うようなことを言ってしまった。

「笑われてやろうじゃないか」

「とうさん」

「うるさい。そんなにこのわしがこの世にいることが、世間に恥ずかしいのか。みっともなくていやだというんだな」

「そんなことは言っていません」

「言ったじゃないか。笑われるって」

「朝の八時に車を呼んで、迎え酒をするためにホテルへ戻ることはないでしょう」

「笑いたがっている者に、うんと笑わせてやろう」

わめく公孝の顔色は、土のように変わってしまい、血の気がまったく感じられなくなっていた。台所にいた家政婦のおばさんが、もめている居間を覗いて公孝に顔をしかめていた。

「笑わせてなんかもらいたくない」

さすがの滋雄も、眼をつり上げた公孝を、逆にきめつけるように言った。

「火をつけてやる。みんな燃して灰にしてやる」

「とうさん。この家は死んだかあさんと一緒に暮らした、大切な場所でしょ。それを灰にしてしまったら、もうなにもなくなっちゃいますよ」

「うるさい。かあさんはとうに死んじゃったんだ。こんなものなんだ!」

「やめてとうさん」

「どけ！」

制止する滋雄を押し退けた公孝は、居間の真中で燃えている石油ストーブを、足を上げて思いきり蹴った。朝方はいつも家政婦が、ストーブのタンクに一杯、灯油を補給していたから、重くなっている石油ストーブが大きな音をたててひっくり返った。

「あ、だめだとうさん。大変！」

叫んだ滋雄があわてて走り寄り、ストーブを起こそうとしたとき、倒れた拍子に一度消えかけたストーブの火が、一瞬で床に流れた灯油に燃え移った。めらめらっと焔《ほのお》が広がり、ストーブに手をかけていた滋雄は、思わず飛び退いた。

とたんに焔はさらに広がり、ストーブは火の塊《かたまり》になった。初めの這うような感じの火が立って舞い上がった。

「燃えろ！　みんな燃えちまえ」

パジャマ姿の公孝が、狂気の眼で火勢を煽《あお》るように手を振った。

「いけないよ。だめだとうさん。危ない。火事になっちゃった」

叫ぶ滋雄もパジャマ一枚である。うろたえる二人を見て、家政婦が台所から小さい消火器を持ってきたが、普段扱いつけていなかったから、いくらガチャガチャさせても消火液は出なかった。

「ざまあ見ろ。燃えろ燃えろ」

「逃げるんだとうさん」

滋雄は公孝の手を引いて、走るような勢いでどんどん広がっていく火の渦から、転げるように家を飛び出した。その直後に灯油の一杯詰まったタンクが、鈍いが腹に響く音とともに弾けた。一瞬で居間は完全な火の海になる。滋雄はそれを見ていて、家政婦のおばさんはどうなったかなと思った。

溢《あふ》れ出た灯油の火で、広い代官山御殿はあっという間に焼失し、崩れ落ちた焼跡から、逃げ遅れた家政婦の死体が発見された。

警察での取調べで、公孝は滋雄から教えられていた通り、つまずいてストーブを倒してしまったと説明した。死者が出ていたから、警察としても簡単な取調べですますわけにはいかなかったが、公孝の言う蹴つまずいたという以外の原因は、さし当たって考えられなかったから、そういうことであろうと一応は納得しかけた。

しかし、正気とはほど遠くなってしまっていた公孝が、その後の警察での状況説明のなかで、ちょうど禁断症状だったこともあり、自分が放火したことをしゃべってしまったのである。

梅菊社長邸の朝の過失と思われていた出火は、所有者菊本公孝による放火事件に発展し、一週間後に公孝は逮捕された。

この年の十二月に、公孝は東京地裁で現住建造物等放火の罪で、懲役三年、執行猶予五年の判決を受け、はじめから上告を断念して刑が確定。これがよく知られた菊本家第一番目のスキャンダルだった。

四

「ネエ、怒らない？」

「ウ？……」

「怒るわよねきっと」

「ウン」

「なによ」

「怒るよ。それよりも冷蔵庫から、冷たいビールを一本出してくれ」

「さっき飲んだでしょう。もうずいぶん」

「缶ビール一本でいい」

「だめよ。これ以上飲むなら帰るわ、わたし。この頃あなたはとうさんに似てきた。六年前のね」

あけすけな千賀子の口調に、滋雄は唇を歪めた。

いまでも以前と同じように、毎月二回くらいずつ利用する西大久保のホテルへ入って、滋雄はぐったりしたように肘掛椅子に体を埋めた。

今夜は歌舞伎町二丁目のすし屋で、二人で夕食を愉しんできた。六年前のあの暴力団幹部による、恐喝未遂事件当時との違いは、千賀子はさらに脂肪がついて、四十歳に近い肥満タイプの中年女になってしまったこと。それで「もう看護婦をやめようかしら」などと言ったりしていた。

滋雄については、一七〇センチの七十一キロという体つきは、まったく変わっていなかった。ただ四十七歳になって、髪に白いものが混じりはじめたこと。

もちろんいまもなお独身。

ただ代官山の焼跡にマンションが完成してからは、その一室に住むようになっていて、とうさんも同じマンションの別な室で、いまは静かになっていた。その分だけ、まるで公孝の分をそっくり引き受けたように、滋雄の酒量が増えた。

いままでだと、千賀子と二人でせいぜい二、三本のお銚子でよかったものが、七、八本。滋雄はそれでもなお飲み足りないような顔をしていることがあった。

「すこし控えたら」

「……」

「体を悪くするわよ」

いまでは千賀子が、昔、滋雄がとうさんに言っていたセリフを、二人が会うとすぐに口にした。

代官山へ移ってからは、滋雄が一人で飲みに出るのは恵比寿《えびす》駅の近くで、赤提灯《ちょうちん》といった感じの小料理屋で飲むと、お銚子の数も十本以上になり、店のママがそれ以上は飲ませないようにしていた。しかし結局、別な店で飲み足りない分を飲む。

同じことだった。

アルコールに溺れ、浸りきっていた公孝のときと、なにもかも――

「一本だけにしといてね」

飲みたいと言い出したら、飲まなければ納まらなかったから、一本の缶ビールを備えつけの小さな冷蔵庫から出して、千賀子は緩みきった顔の滋雄に念を押した。

グラスに注いで一杯。

「なにが言いたいんだ」

不意に滋雄が聞いた。もう一つあえてつけ加えるとすると、六年前とまったく同じで、滋雄は千賀子に優しかった。

怒ったことなど一度もない。しかし千賀子は怒らないかと念を押していた。

「あんたこれから先、どうなるの」

千賀子は向かい側の椅子に座り、表情をすこし固くして聞いた。室の入口で照明のスイッチを入れていたため、真中に大型のベッドを据えた室内は、壁や天井に妖《あや》しげな鏡がはめこまれている分、反射で余計に明るく感じられた。

「え?……」

「会社で。だってもう八年以上も専務のまんまでしょ」

「別に不満はないね」

「これから先のことよ。だってあなたのとうさんはあの事件で、社長さんをやめてしまったでしょ」

「だからぼくがいずれは社長になる」

滋雄はビールをもう一口飲んでから、自分にうなずきかけるように言った。

公孝の放火事件当時、滋雄はまだ常務だったが、公孝が逮捕されると同時に、公孝が兼務していた築地座の社長を、滋雄が担当することになり、このとき専務になった。公孝の梅菊社長辞任で、梅菊の番頭グループから、副社長の大森《おおもり》が社長に就任した。

いきなり滋雄を、社長にするわけにはいかなかったからである。さらには二年前、この大森が会長に退がって、大森とは同格といっていい成田《なりた》が社長になった。

梅菊株式会社のオーナーは菊本家である。しかし公孝の引退後菊本一族以外から、二人もつづけて社長が登場したことになる。そんなことからつぎの社長は一族からという声が一部に出はじめていた。

二、三年もすれば滋雄も五十歳だった。

滋雄は相変わらずだったし、すべての面でますます公孝に似てきていたが、社長の適性とか資質の問題ではなかった。

「いずれは社長になって、それからどうなるの」

千賀子がからむように聞いた。

滋雄の弟も梅菊に入っていたが、株に手を出して大穴をあけ、いまでは築地座の食堂係をしていて、一族の人間ではあったが、後継者の対象にはなり得なかった。

「さあな……」

「お酒でしくじって、とうさんのように社長をやめさせられたらどうする。あんたには子どももいないし、そしたら菊本は三代目で終わりでしょう」

「結婚したっていいんだ」

はっきりしない千賀子の言葉に苛立《いらだ》って、滋雄が投げるように言った。

「いや。家柄が違うもの」

「とうさんは永遠に生きているわけじゃないからな。いやなことを言われたって、ちょっとのことじゃないか」

「そうかもしれないけど、もうわたしはあんたの子どもを生める年じゃない。家柄の違いのほかに、後継ぎの問題までかぶせられちゃうわ。だめ。わたしはいやよ」

菊本の家に入って、主婦の座を築く姿が、もう千賀子の胸でまとまってくれない。

「いやか……」

「そう。いや」

「じゃ逆に聞くよ。怒らないか」

「………」

「千賀子はどうなるんだ」

言って滋雄は首を折るように顔を伏せた。

「わかる？」

千賀子が謎のように聞き返した。

「悪かったな。ひどい聞き方をして」

「いいわよ。とうに樹海の迷路へは踏みこんじゃってるんだもの。でもね、だからずっと考えてきたの」

「答はないはずだよ」

「あるのよ」

「ある？」

「別れる。あんたと」

「で？……」

「それから先の答はないのよ。でもあんた優しくしてくれたし、だからいいわ。今夜だけ愛しあって、明日から別れたい」

顔を上げた千賀子の眼が、ほんの一瞬だけ光った。

解説

井家上隆幸

昔、キャリアの危機はイースーチーという言葉があった。入社して無我夢中に一年すごすと、周囲の状況が見えてくる。この会社、この仕事ははたして自分にむいているのか、と考える。四年たつと自分がやりたかったことはこれだったのかと悩む。七年すると自分の能力がまっとうに評価されていないのではないかと疑う。それが過ぎると、でもここに骨をうずめるしかないかと観念する。サラリーマンとはそういうものだというわけだ。

そりゃあ、入社した当初は誰しもが末は専務、社長、かなわぬまでも取締役にという野心をもっているが、大方は七年も現実を見ていれば所詮かなわぬ夢と諦める。諦めて〝安定〟を選ぶ。ま、定年までには課長は当然、あわよくば部長になれればいいではないか。

しかし、会社は男の戦場だ。日々これ戦い。一度負け犬になればそれでジ・エンド、負けてはならぬという想いもある。自分は負けないという自負もある。諦めと自負の間を揺れながら、男は会社社会を生きているのだ。しかも、バブルがはじけてからは、サラリーマンは断頭台に乗せられた死刑囚同然だ。リストラという名のギロチンがいつ落ちてくるかわからない。

だからそこには沈香《じんこう》も焚《た》かず屁もひらずといった人間ではなく、野心や夢でギラギラした人間たちが登場する。かれらは、飲んでも飲んでも渇きのとまらぬタンタロスのようなもので、〝充足〟という言葉はその辞書にはない。サラリーマンは気楽な稼業ときたもんだというのは、この世界の現実を知らないもののたわごと、かれらは血の雨降るなかを必死で生きているのだぞと、清水一行さんはそうした男のギラギラする欲望をえがいてきた。

ところがこの『勧奨退職』におさめられた七つの短篇は、そんなギラギラした欲望は後景にしりぞき、仕事と女模様のからみのなかに男の自負やどうしようもないダメさをえがいている。

「破船」「天使のえくぼ」に登場する渡辺公雄と森田俊雄は、会社での立場はそれぞれ異なるが、仕事一途に何十年か勤めて会社に貢献したと自負し、先を行くものの足をひっぱったり後から来るやつの頭を蹴飛ばしたりといったギラギラした欲望とは無縁で、ひょんなことから若い女性と肉体関係はできるがといって狂いもせず、抑制がきいている。むしろ、その情事を正論をつらぬくテコにしている。

「勧奨退職」の相沢誠一は、自分のことしか考えない上司の下にいたのが不運と冷静だったが、「置いておくだけで周りの迷惑で害になり、ヤル気がないからどこへ回してもダメ」という社長の発言に怒って、マスコミに社長の配慮のなさを攻撃させる。ところが、同志と信じた男が社長にチクっていたと知って、どうせおれたちは虫けら同然。踏みつぶされる運命なら、絶命する前にせめて子孫の種だけでもしっかりと妻の体内に植えつけ残しておこうと思いさだめる。

「ゆきずりの女」の友川啓之は、ヨット狂いで経営危機におちいらせた三代目世襲社長を充分に補佐しなかった責任を指弾され、愛人の新劇女優沢本馨からも身勝手と謗《そし》られる、所詮はゆきずりの関係かと冷静だ。

「勝手にしやがれ」の漆坂正一郎は、合理的でクールな理論家肌。仕事もできるし多趣味で、日本的な人間関係とは無縁。日本とスペインの混血女性鹿野アイリーン・マユミにいわせれば「会話もセックスも闘っている感じ」で、それが魅力だったのだが、日本的なカルチャーに負けて心のバランスを崩してしまう。

「憂い顔」で、「私は運の悪い女」という赤坂芸者杏子を抱く大鹿明雄は苦労知らずのボンボンで、その私行を咎《とが》められて社長を解任されてしまう。

「いずれは社長」の菊本滋雄は名門映画会社の三代目。過保護の母が死ぬとアル中になってしまった父の面倒をみはするが、その看護婦の千賀子と結婚しようとして父に反対され、しだいにアルコールなしではいられなくなり、ついには千賀子に愛想をつかされる。

わたしは七つの短篇を男の側から整理したが、あるいは清水一行さんの本意は女性の側から男を見ることにあるのかもしれない。それは、ここに登場する女性たちが、年齢や立場に関係なく決してたおやか一辺倒ではないところに現れている。彼女たちはみな能動的で意思ははっきりしている。男に対して「好き」というだけですべてをゆだねるということはない。いや、彼女たちはみな、自分の手で自分の道を選びとっているといってもいい。「私は運の悪い女」という杏子も、その運命を受け入れることで頭をしっかともちあげる。鹿野アイリーン・マユミのように、男と「会話もセックスも闘っている」感じなのである。

清水さんはこれまでも、ことさらに「愛」がどうの「セックス」がこうのと言挙《ことあ》げせず、ときに男と女の人間模様は「肉体」にはじまり「肉体」に終わるものかと思わせるような物語を構築してきているが、しかし、この短篇集では、「肉体」にはじまった物語のいきつくところが「肉体」であるのは男のほうで、女は「精神」にいきつくのだといっているかのようなところが興味深い。上司とOLの情事がそれだけで終わらず、男の限界を露呈させているところに、わたしは、清水さんの作家としての〝芸域〟のさらなる広がりを感じさせられた。「破船」で「会社をやめる行きがけの駄賃……で、もし三也子にハントされたのだとしたら、世の中は男と女のセックススタンスが、逆転したと考えるしかない」

という渡辺の想いは、本書全体に流れる底流音だといってもあながち的外れではあるまい。
　その底流音をさらに効果的にしているのは、男と女の人間模様が物語の中心となってい るとはいえ、その後景もいいかげんにはしていないところである。たとえば「勧奨退職」の音響機器メーカー・フロンティアや「勝手にしやがれ」の半田自動車、「憂い顔」のマスコミ関連複合企業ミツワ、「いずれは社長」の梅菊株式会社などは一読、現実の企業を想起させて、それぞれが優に長篇企業小説となりうる材料なのに、それを惜しげもなく〝蕩尽《とうじん》〟しているといってもいいほどの豪華さは、清水さんならではのものであり、それが本書の厚みと魅力となっているのである。清水小説のファンは当然のこと、これが初めての清水小説との出会いである読者も満足するであろうことはまちがいないといっておこう。

二〇〇〇年一月

この作品は1994年3月徳間書店より刊行されました。

徳間文庫をお楽しみいただけましたでしょうか。どうぞご意見・ご感想をお寄せ下さい。
宛先は、〒105－8055　東京都港区東新橋1－1－16　㈱徳間書店「文庫読者係」です。

徳間文庫

勧奨退職《かんしようたいしよく》

2000年2月15日 初刷

著者 清《し》水《みず》一《いっ》行《こう》

発行者 徳《とく》間《ま》康《やす》快《よし》

発行所 株式会社徳間書店
東京都港区東新橋一—一 〒105—8055
電話(〇三)三五七三・〇一一一(大代)
振替 〇〇一四〇—〇—四四三九二

印刷
製本 凸版印刷株式会社

〈編集担当 吉川和利/販売担当 斉藤博幸・宇都宮昭治〉

ISBN4-19-891260-2 (乱丁、落丁本はお取りかえいたします)